करेला इश्क़ का

करेला इश्क़ का

विजय विद्रोही

juggernaut

जगरनॉट बुक्स

केएस हाउस, 118 शाहपुर जाट, नई दिल्ली 110049

प्रथम प्रकाशन: जगरनॉट बुक्स 2017

ISBN 9789386228321

टाइपसेट: एपीग्राफ़िक्स एंटरप्राइज़

मुद्रक: रेप्लिका प्रेस प्रा. लि., भारत

करेला इश्क़ का

पूर्वकथन

यह कहानी शुरू होती है 16 दिसंबर 2012 को जिस दिन दिल्ली में निर्भया के साथ गैंग रेप हुआ था और खत्म होती है 13 सितंबर 2013 को जब साकेत, दिल्ली की फास्ट ट्रैक कोर्ट ने रेप और हत्या करने वाले चार आरोपितों को फांसी की सज़ा सुनाई थी। दरअसल एक नाबालिग समेत कुल छह लोग पकड़े गए थे। एक आरोपित ने तिहाड़ जेल में आत्महत्या कर ली थी और नाबालिग तीन साल बाद छूट गया था। निर्भया की मौत 29 दिसंबर को सिंगापुर में हो गई थी। दिल्ली हाई कोर्ट ने 13 मार्च 2014 को फांसी की सज़ा को बहाल रखा था। आरोपितों ने सुप्रीम कोर्ट की शरण ली जिसने सज़ा पर रोक लगा दी। कहानी लिखे जाने यानी अप्रैल 2016 तक सुनवाई चल रही थी।

यह कहानी उन महिला रिपोर्टरों और महिला एंकरों के अनुभवों पर आधारित है जिन्होंने पहले दिन यानी 16 दिसंबर 2012 से इस

केस को कवर किया और लगातार कवर करती रहीं। यह सब 13 सितंबर 2013 को फांसी की सज़ा सुनाने के समय कोर्ट के बाहर या फिर स्टूडियो में थीं। ऐसी करीब 15 रिपोर्टरों – एंकरों से बात करने के बाद कहानी का ताना बाना रचा गया है। वैसे इनके अनुभवों को जोड़ने के लिए कल्पना का भी सहारा लिया गया है। इन सबके अनुभवों को वैशाली, पलक, सरजी, आदित्य जैसे पात्रों के साथ जोड़ा गया है। इन पात्रों का किसी भी जीवित या मृत व्यक्ति से कोई संबंध नहीं है। अगर किसी अन्य के अनुभव भी इन पात्रों जैसे हैं तो इसे सिर्फ एक संयोग ही माना जाए।

भैंसी गांव की वैशाली

वह जाते हुए साल 2012 के दिसंबर महीने का आखिरी हफ्ता था। सरजी दिल्ली के विजय चौक पहुंचे तो वहां गुस्साए लड़के डीटीसी की बस पर पत्थर बरसा रहे थे। उधर दिल्ली पुलिस लड़कों पर लाठियां बरसा रही थी। साउथ ब्लाक और नॉर्थ ब्लाक के बीच राष्ट्रपति भवन जाने का पूरा रास्ता युवा आंदोलनकारियों से अटा पड़ा था। पुलिस ने आंसू गैस के गोले छोड़े। आंखों में जलन होते ही भीड़ तितर-बितर होने लगी। डीटीसी की बस पर पत्थर बरसा रहे लड़के इस भीड़ की तरफ भागे तो पुलिस भी लाठियां भांजते हुए उनकी तरफ दौड़ी। भीड़ इंडिया गेट की तरफ लपक रही थी। वहां पहले से ही निर्भया रेप केस से खफा लोग भारी संख्या में जमा थे। निर्भया के साथ 16 दिसंबर को वहशियाना तरीके से गैंग रेप हुआ था। वह अस्पताल में ज़िंदगी और मौत के बीच झूल रही थी और

सड़कों पर लोगों का गुस्सा पूरे उबाल पर था।

मनोज भी, जिनको सब सरजी पुकारते थे, भीड़ के साथ इंडिया गेट की तरफ़ भाग रहे थे। रास्ते में वह लोगों से कहते जा रहे थे कि रूमाल को गीला करके आंखों पर लगाएं, इससे आंसू गैस की चुभन कुछ कम होगी। सरजी आखिर 15 सालों से पत्रकारिता के धंधे में थे। वह ऐसी आंसू गैस दर्जनों बार झेल चुके थे। इंडिया गेट पर भीड़ थी, तख्तियां थी, नारे थे, आक्रोश था, पुलिस थी, फायर ब्रिगेड की गाड़ियां थी और माहौल में तनाव साफ दिख रहा था। सरजी ने पलक और वैशाली आदित्य को तलाशना शुरू किया। इंडिया गेट पर सभी चैनलों की आउटसाइड ब्रॉडकास्ट वैन (ओबी) अप थी, जिमी जिब कैमरा क्रेन पर लगे थे और कुछ चैनलों के मेक शिफ्ट स्टूडियो तक बने थे। एक छोटे-से मंच पर तीन चार कुर्सियां जहां अलग-अलग राजनीतिक दलों के नेता आकर एंकर के साथ लाइव बहस कर रहे थे। ऐसे ही एक मंच पर पलक भी लाइव एंकरिंग करने में व्यस्त थी। पलक बड़े चैनल की तेज़ तर्रार एंकर...टीवी मीडिया में आठ दस का अनुभव और फिर महिलाओं से जुड़ा पसंदीदा मुद्दा। पलक पूरे रंग में थी। वह कांग्रेस नेताओं पर बरस रही थी।

उधर भीड़ में वैशाली भी अपने कैमरामैन आदित्य के साथ सक्रिय थी। लाइव यू कैमरा उसके पास था। वह अलग अलग झुंड में खड़े

युवक युवतियों से लाइव कर रही थी। कभी तख्तियों पर लगे नारों पर लाइव करती तो कभी पुलिस को उकसाती भीड़ का लाइव दिखाती। पलक सरजी की दस साल पुरानी दोस्त थी और वैशाली को सरजी ने ही एक ठीक-ठाक चैनल में नौकरी दिलवाई थी। सरजी ने दोनों को तलाशा और आगाह किया कि पुलिस की सब्र की सीमा खत्म हो रही है और अगले आधे-एक घंटे में पुलिस का डायरेक्ट एक्शन हो सकता है। लेकिन दोनों ने ही सरजी का मज़ाक उड़ाया कि वह कई दिनों बाद इंडिया गेट आए हैं इसलिए उन्हें ऐसा लग रहा है जबकि रोज़ शाम यहां ऐसा ही पिछले कुछ दिनों से हो रहा है।

सरजी का शक सही साबित होता है। दो फायर ब्रिगेड की गाड़ियां अचानक हिलती हैं। दोनों दो दिशाओं से आगे बढ़ती हैं। पानी की तेज़ बौछारें छोड़ते हुए। एक भीड़ की तरफ मुड़ती है तो दूसरी मीडिया के मेक शिफ्ट स्टूडियो की तरफ। पानी की बौछारों से एक कतार में खड़े कैमरा स्टैंड एक-एक करके गिरने शुरू होते हैं। जिमी जिब संभाल रहे लोग इधर-उधर भागते हैं। ऐसी ही एक तेज़ बौछार से एक टीवी चैनल का मंच टूटता है। वहां लाइव कर रहे नेता उठकर भागते हैं। इसके बाद दूसरे चैनलों के मंच भी टूटते हैं। इनमें पलक का भी शामिल है। मीडिया के रिपोर्टर और फोटोग्राफर मोबाइल पर पुलिस के बड़े अधिकारियों को अभिव्यक्ति की आज़ादी का मतलब समझा ही रहे होते हैं कि फायर ब्रिगेड की गाड़ी के पीछे-पीछे दिल्ली

पुलिस डंडों के साथ नज़र आती है। देखते ही देखते डंडे बरसने शुरू होते हैं। आम जनता के साथ-साथ मीडिया पर भी डंडे बरसते हैं। समान भाव से। पुलिस अधिकारियों को मोबाइल लगा रहे रिपोर्टर पुलिस को माइक दिखाते हैं, बदले में पुलिस डंडा दिखाती है तो रिपोर्टर जान बचाकर भागते हैं। वैशाली पर भी पुलिसवाला डंडा चलाता है। वह बचने की कोशिश में भागती है और हेज से उलझकर गिरती है। उसका कैमरामैन आदित्य की कोहनी पर डंडा पड़ता है। वह बड़ी मुश्किल से अपने कैमरे को बचाता है और हेज से उलझकर गिरी वैशाली को उठाता है।

देखते ही देखते पन्द्रह मिनट में इंडिया गेट का सारा मंजर बदल गया है। भीड़ जा चुकी है। मीडिया के लोग अपने कैमरे और अन्य उपकरण समेटने में लगे हैं। सभी सर्दी में पानी की बौछारों से गीले हुए कपड़ों में सिहर रहे हैं। कुछ अपने घाव सहला रहे हैं और कुछ चोटिल साथियों को अस्पताल पहुंचाने में उसी पुलिस की मदद मांग रहे है जिनकी लाठियों ने यह सितम ढाया है। सरजी ने पलक को फोन किया।

"कुछ नहीं हुआ। मामूली-सी खरोंचे आई हैं लेकिन चैनल की स्टार एंकर हूं तो आफिस ने ज़बरदस्ती अपोलो अस्पताल भिजवा दिया है। यहां पूरा मेडिकल चैकअप हो रहा है। वैशाली आदित्य ठीक हैं क्या। आप उनकी चिंता करो। खासतौर से अपनी चेली

वैशाली की।''

सरजी पलक के तंज़ को समझते थे। जबसे सरजी ने वैशाली को रिपोर्टर बनाया था और उसके भविष्य की चिंता करनी शुरू की थी तभी से पलक चिढ़ने-सी लगी थी। खैर, बार-बार फोन करने पर भी वैशाली ने कोई जवाब नहीं दिया तो सरजी की नज़रें उसे तलाशने लगीं। वह मिली एक झुंड के साथ। अपनी छिली हुई कोहनियों को सहलाती हुई। माथे पर भी हल्की चोट थी। सरजी ने वैशाली को अपनी गाड़ी में बिठाया। फस्ट ऐड का बॉक्स निकाला और उसके घाव पर डेटॉल लगाने लगे।

''सरजी, लोग देख लेंगे। बातें बनाएंगे। आप रहने दीजिए। आदित्य कह रहा है कि एंबुलेंस आने ही वाली है।''

''आदित्य से जुम्मा-जुम्मा चार महीनों की मुलाक़ात और इतना ख्याल। यहां तीन साल से जानती हो मुझे और ज़माने की चिंता करती हो।'' सरजी दूसरी कोहनी पर डेटॉल लगाने लगे।

''सरजी, आपने तो उस दिन कहा था कि निर्भया रेप केस मेरी ज़िंदगी बना देगा। यहां तो जान पर आ पड़ी है।''

सरजी को याद आया। 16 दिसंबर की ठिठुरती सुबह वैशाली का फोन आया था। रज़ाई में दुबके वेबसाइट पर खबरों से अपडेट हो रहे सरजी को पहले लगा कि वैशाली ने फिर अपने ब्यूरो चीफ (बीसी) की शिकायत करने के लिए फोन किया होगा जिसने उसका

जीना हराम कर रखा था। लेकिन वैशाली ने लगभग हांफते-हांफते कहा था।

"सरजी, एक रेप का केस है। साउथ दिल्ली में एक लड़की के साथ रेप हुआ है। पुलिस कहती है गैंग रेप है। घटना के बाद लड़की और उसके दोस्त को नंगे सड़क पर फेंक गए। लड़की बुरी तरह ज़ख्मी है पुलिस वाला बता रहा था कि बचेगी नहीं।"

सरजी अलग-अलग वेबसाइटों पर सारी स्टोरी पढ़ चुके थे। उनके 15 साल का पत्रकारिता का अनुभव बता रहा था कि यह मामला बहुत गंभीर है। रेप दिल्ली में हुआ है। विधान सभा चुनाव दस महीने बाद होने हैं। अरविंद केजरीवाल का जनलोकपाल आंदोलन उतार पर है। ज़ाहिर है कि रेप केस को वह लपक लेंगे। संसद का सत्र चल रहा है। बीजेपी के पास भी दिल्ली की शीला दीक्षित और केंद्र की मनमोहन सिंह सरकार को निशाने पर लेने का इससे बेहतर मौका नहीं मिलेगा। सरजी माहौल में खदबदाते गुस्से को महसूस कर सकते थे। टीवी चैनल वाले भी खाली बैठे हैं। इससे बड़ी खबर शायद ही उन्हें मिले जिसे कई दिनों तक खींचा जा सकता है।

सरजी ने यह सब वैशाली को बताया और ज़रूरी निर्देश दिए। लड़की का नाम भूले से भी नहीं लेना है। उसकी पहचान भी छुपानी है। लड़की के घरवालों से ज़रूर बात की जा सकती है लेकिन उनकी भी पहचान छुपानी होगी। वैशाली को दिल्ली की डीटीसी

की बसों और मेट्रो में सफर करने वाली महिलाओं और लड़कियों पर स्टोरी करनी चाहिए। कॉलेज की लड़कियों पर स्टोरी की जा सकती है। कुल मिलाकर सरजी ने वैशाली को समझाया कि ज़बरदस्त स्टोरी है, रेप करने वालों की गिरफ्तारी और लड़की के स्वस्थ होने या फिर मरने तक यह स्टोरी चलती रहेगी। लिहाज़ा वैशाली जैसी युवा रिपोर्टर का कैरियर बना सकती है यह स्टोरी। उसे पूरा ज़ोर लगा देना चाहिए।

"थैंक यू, सरजी। आ रही हूं। बाईजी से कहना कि मेरी वाली चाय बना कर रखे। दूध कम, पुदीना, अदरक और तुलसी वाली।"

वैशाली ने फोन काटा। उधर सरजी सोच रहे थे कि एक लड़की के साथ रेप हुआ है और वह एक लड़की की कैरियर की संभावनाएं तलाश रहे हैं। यह पत्रकारिता का कैसा दौर है मौला।

***

सरजी की वैशाली से पहली मुलाक़ात दिल्ली के विजय चौक पर हुई थी। वही विजय चौक जो संसद के ठीक बाहर है और वहां सभी चैनलों की ओबी वैन कतार में खड़ी दिखाई देती है। संसद का महत्वपूर्ण सत्र चल रहा था। अन्ना हज़ारे की टीम ने जनलोकपाल के मुद्दे पर मनमोहन सिंह सरकार को बैकफुट पर ला दिया था। सरकार को मजबूर होकर मंत्रियों और टीम अन्ना की एक संयुक्त कमेटी का गठन करना पड़ा था। संसद में आमरण अनशन पर बैठे

अन्ना की शर्तों पर बहस हो रही थी और सरजी विजय चौक से लाइव कर रहे थे।

वह बता रहे थे कि आखिर लोकपाल बिल को क्यों कोई भी सरकार पास नहीं करना चाहती। कैसे पिछले चालीस सालों में यह बिल चार बार संसद में लाया जा चुका है और उसका क्या हश्र हुआ है। जनलोकपाल के बनने से आम आदमी की ज़िंदगी किस तरह से बदल जाएगी। कैसे अदालतों, थानों, पटवारी के यहां और अस्पतालों में करप्शन पर रोक लग सकेगी। कितना व्यावहारिक है जनलोकपाल। इसका राजनीतिक महत्व क्या है। आखिर जनलोकपाल से क्यों डरती हैं सरकारें और नेता। सरजी एक-एक करके एंकर के सवालों के जवाब दे रहे थे। उनके पास शब्दों की कोई कमी नहीं थी। वह बेहद सरल हिंदी में अपनी बात रखना जानते थे। वह जानते थे कि चैनल देख रहे दर्शकों के मन में जनलोकपाल को लेकर क्या क्या सवाल उठ रहे होंगे और उन सबका जवाब दे रहे थे।

सरजी का लाइव चल रहा था। उन्होंने कनखियों से देखा कि एक लड़की बड़े गौर से उनकी बातों को सुन रही है और कुछ नोटस भी ले रही है। एंकर ने ब्रेक लिया। सरजी ने पसीना पोंछा। पानी पीया। उनकी नजर फिर उस लड़की पर गई। हल्के लाल रंग के फूलों वाली शर्ट, हरी जींस और हाथ में किसी चैनल की माइक। लड़की ने बड़े

ही अदब से सिर झुका कर सरजी को नमस्ते किया। सरजी को इस अंदाज़ में भोलापन नज़र आया और आदर का भाव भी। वह मुस्कराए। लड़की भी।

अब सरजी के साथ कांग्रेस का बड़ा नेता था। ब्रेक के बाद टीम अन्ना के सदस्य मनीष सिसोदिया का टीवी की भाषा में टिक टैक या सवाल-जवाब चलना था और फिर सरजी को कांग्रेस नेता से मनीष सिसोदिया की तरफ से लगाए जा रहे आरोपों के जवाब पूछने थे। यानी करीब दस मिनट का समय था। सरजी कांग्रेस नेता से बतिया रहे थे कि उनकी सरकार को अन्ना और बाबा रामदेव ने उलझा दिया है। जनता भ्रष्टाचार के मुद्दे पर पहले से ही नाराज़ है। अन्ना और बाबा के आंदोलन से उपजा गुस्सा बीजेपी को वोट दिलाएगा। सरजी जवानी में ठेठ वामपंथी हुआ करते थे लेकिन अब उनका झुकाव बीजेपी की तरफ हो गया था। कांग्रेस नेता भी स्वीकार रहा था कि सोनिया गांधी झोलेवालों से घिरी हैं और वही लोग कबाड़ा कर रहे हैं।

इतने में उस लड़की ने टोका, "प्लीज़ सर, अगर आपके लाइव में देरी है तो क्या मैं इनसे (कांग्रेस नेता) एक छोटा-सा टिक टैक कर लूं?"

"अरे मैडम, क्या बीच में घुरा रही हो? दिख नहीं रहा लाइव शुरू होने वाला है?" कैमरामैन ने लड़की को हड़काया। लड़की रुआंसी

हो गई। सॉरी कह कर जाने लगी तो सरजी को दया आई।

"कर लो लेकिन पांच मिनट से ज़्यादा टाइम नहीं लेना। वैसे भी एक अच्छा टिक टैक तीन मिनट से ज़्यादा का नहीं होना चाहिए।" लड़की का चेहरा एकदम से ताज़े फूल की तरह खिल उठा। उसने "थैंक यू, थैंक यू, थैंक यू" कहते हुए टिक टैक किया। उसके बाद सरजी ने उन नेता से लाइव किया जो लंबा चला। बीच में ही बीजेपी के एक नेता को भी शरीक कर लिया गया था और सरजी दोनों की नोंक-झोंक का मज़ा ले रहे थे। आधा घंटे बाद सरजी फ्री हुए। कान से ईयर पीस निकाला। माइक कैमरामैन को थमाया। पानी की बोतल खोली। तभी उनकी नज़र उस लड़की पर गई।

"थैंक यू सर। आपने बहुत बड़ी मदद की। आप जैसा इतना बड़ा आदमी मेरी जैसी बिल्कुल जूनियर रिपोर्टर की हैल्प करे..."

छोड़ो यह सब। सरजी ने बीच में टोकते हुए उसे पानी आफर किया। लड़की बोली, "सर, पानी तो मेरे पास भी है लेकिन आपका नंबर नहीं है।" सरजी ने अपना कार्ड उसे दिया और पेड़ की छांव की तरफ चल दिए।

सिगरेट खत्म भी नहीं हुई थी कि मोबाइल पर मैसेज था: "सर, वन्स अगेन, थैंक्स। वैशाली।"

तो वैशाली नाम है। सरजी मन ही मन बोले और मैसेज डिलीट कर दिया। अपनी आदत अनुसार। वह हर किसी को अपना नंबर

दे दिया करते थे। सुबह पार्क में दौड़ने जाते तो वहां जो भी नंबर मांगता उसे दे देते। फंडा क्लियर था। नंबर होगा तो कोई खबर देगा। किसी दुर्घटना का वीडियो भेजेगा। बहुत साल पहले वह केदारनाथ गए थे वहां एक दुकानदार ने उनका नंबर लिया था। जब वहां तबाही हुई तो उस दुकानदार ने सरजी को मकानों के गिरने का वीडियो भेजा था। अलबत्ता सरजी सिर्फ उन नंबरों को सेव करते थे जो उन्हें ज़रूरी लगते थे।

अगले एक महीने में दो बार वैशाली के मैसेज आए। पहला, ‘‘सर उस दिन आपकी चैट को ध्यान से सुन कर मैंने जनलोकपाल के मुद्दे पर कुछ स्टोरीज़ की। हमारे ब्यूरो चीफ और एडीटर को पसंद आई। इसका श्रेय आपको जाता है। शुक्रिया।’’

दूसरा, ‘‘सर आप तो जवाब तक नहीं देते। मैं आपसे नौकरी नहीं मांग रही हूं।’’ सरजी के पास वैशाली का नंबर सेव नहीं था लेकिन दोनों ही बार वह समझ गए थे कि वैशाली ही है। बात आई-गई हो जाती अगर अन्ना फिर से आमरण अनशन पर नहीं बैठते और सरजी को रामलीला मैदान लाइव के लिए नहीं जाना पड़ता।

रामलीला मैदान में तिल रखने की जगह नहीं थी। सामने स्टेज पर अन्ना हज़ारे रामधुन पर हल्की-हल्की ताली-सी बजा रहे थे। ढेरों जिमी जिब पर लगे कैमरे कभी अन्ना के पास जाते तो कभी भीड़ की तरफ आते। दुपट्टों की तरह लहरा रहे थे क्रेन कैमरे। अन्ना के

पीछे बड़े-से पंखे से हवा कर रही थी किरण बेदी। कभी तिरंगा लहराती और भारत माता की जय का जयकारा लगवाती। अन्ना के पास ही अरविंद केजरीवाल और मनीष सिसोदिया लगातार फुसफुसा रहे थे। कभी-कभी प्रशांत भूषण भी इसमें शामिल हो जाते। पूरे रामलीला मैदान में एक ही सवाल तैर रहा था। क्या अन्ना का अनशन आज टूट जाएगा...क्या मनमोहन सिंह सरकार आज मान जाएगी। सरजी को अपने सूत्रों से पुख्ता जानकारी मिली थी कि एक मांग नहीं मानने पर सरकार अड़ गई है जिसपर अंतिम फैसला सोनिया गांधी देर रात तक करेंगी। लिहाजा अनशन कल सुबह ग्यारह बजे तक ही समाप्त हो पाएगा। अब वहां रुकने का कोई मतलब नहीं था। सरजी ने अपना लाइव निपटाया और बाहर आ गए। दफ्तर जाने के लिए। वह गाड़ी में बैठ ही रहे थे कि सामने वैशाली खड़ी थी।

"सर, नमस्ते। कैमरामैन पता नहीं कहां चला गया है। मुझे दफ्तर जल्दी जाना है। ब्यूरो चीफ ने बांस कर रखा है। स्टोरी कटवानी है। आपकी तरह हमारे पास तो ओबी वैन तो है नहीं कि फीड भेज सकें। अब इस बात को तो कोई समझता नहीं। बड़ी भसड़ है चैनल में।"

वैशाली तेज़ सांस में बोलती जा रही थी। सरजी ने गाड़ी का दरवाज़ा खोलकर उसे बैठने का इशारा किया। वैशाली हरियाणा के छोटे-से गांव भैंसी की रहने वाली थी। पिता सरकारी बैंक में कैशियर

थे। घर में एक बड़ी बहन और एक छोटा भाई। वह पिछले दो सालों से दिल्ली में एक छोटे चैनल में रिपोर्टर थी जिसका दफ्तर सरजी के चैनल से बहुत ज़्यादा दूर नहीं था। वह जब दसवीं में थी तो गांव से कस्बे में आ गई थी। अपने चाचा के यहां। आगे की पढ़ाई के लिए। कस्बे से एक अखबार निकलता था जिसके संपादक ने दबंग संत के खिलाफ मोर्चा खोला हुआ था। संत के डेरे में हो रही गड़बड़ियों के बारे में सबूतों के साथ खबर छपती थी। एक दिन संपादक की हत्या हो गई और उसकी बीए में पढ़ने वाली बेटी ने संत पर हत्या का आरोप लगाया। पुलिस ने न तो एफआईआर दर्ज की और न ही किसी तरह की गिरफ्तारी ही हुई। दिल्ली से दो घंटे की दूरी पर था कस्बा और देखते ही देखते मामला सुर्खियों में आ गया। चार बड़े चैनलों की ओबी वैन पुलिस स्टेशन के बाहर तैनात हो गई जहां लड़की धरने पर बैठी थी। वैशाली के लिए यह सब नया था। वह रोज़ स्कूल जाती तो थाने के आगे खड़ी होकर रिपोर्टरों को माइक पकड़े कैमरों के आगे खड़े होकर कुछ बोलते देखती, सुनती। वैशाली को पहली बार लगा कि अखबार का एडीटर होना कितनी बड़ी बात होता है और चैनल का रिपोर्टर होना तो उससे भी बड़ी बात। तीन दिन यह तमाशा चला। आखिर अदालत की दखल के बाद पुलिस ने एफआईआर दर्ज की और चैनल वाले चलते बने। लेकिन वैशाली के दिलोदिमाग में छाप छोड़ गए। संपादक की हत्या के बाद उसकी

बेटी ने अखबार का काम संभाल लिया था और उसी उग्र तेवर के साथ संत के खिलाफ खबरें छाप रही थी। वैशाली दो-तीन बार उस लड़की से भी मिल चुकी थी और उसने तय कर लिया था कि मीडिया में ही जाना है। दिल्ली ही मंज़िल है।

गाड़ी अक्षरधाम के आगे से नोएडा की तरफ घूम रही थी। वैशाली ने तब मेट्रो को देखते हुए कहा था, "सर, हम छोटे गांवों-कस्बों से आते हैं। हमारी अंग्रेज़ी अच्छी नहीं होती है। हमारा कॉन्फिडेंस का लेवल तो और भी कम होता है। डरे-डरे सहमे-सहमे रहते हैं हम। यहां एलीट क्लास से कंपीटिशन करना पड़ता है। खुद को साबित करना पड़ता है। यहां कोई मुफ्त में मदद नहीं करता। करता है तो कीमत मांग बैठता है। आप ही बताइए सरजी, हम लोग क्या करें। उस दिन विजय चौक पर आपने जो हेल्प की वह आपके लिए बेहद मामूली थी लेकिन मैं जानती हूं कि दिल्ली में दो सालों से हूं, लेकिन इतनी इज़्ज़त के साथ आप जैसे कद के किसी एडीटर ने कभी बात नहीं की। आपका कैमरामैन तो कितनी बदतमीज़ी से बोल रहा था। यहां जो मिलता है बस कमियां ही निकालता है। आप जैसे लोग अगर हम जैसों को आगे नहीं बढ़ाएंगे तो हमारा क्या होगा? हम तो ऐसे ही रह जाएंगे हाशिए पर।"

सरजी हिल से गए। उनसे सैकड़ों लड़के-लड़कियों ने मदद और गाइडेंस मांगी थी लेकिन इस अंदाज़ में कोई पहली बार सहयोग की

उम्मीद कर रहा था। उन्हें वैशाली में गहराई नज़र आई। किसी अच्छे चैनल में नौकरी की तमन्ना के पीछे भी कुछ कर गुज़रने का जज़्बा नज़र आया। उन्हें पता नहीं क्यों लगा कि इसकी मदद की जानी चाहिए। वह खुद मध्यवर्गीय परिवार से आते थे और जानते थे कि दिल्ली में अपनी जगह बनाने लिए कितना संघर्ष करना पड़ता है। वैशाली को दफ्तर के बाहर छोड़ते हुए उसका नंबर लिया और इस बार सेव कर लिया।

***

सरजी चाय लेकर कमरे में ड्राइंग रूम में आए तो वैशाली सोफे पर ही सो गई थी। सामने टेबल पर पैर टिकाए। उसके पांव सचमुच में बहुत सुंदर थे। पाकीज़ा में मीना कुमारी के पांवों सरीखे। बस सरजी कभी राजकुमार की तरह बोल नहीं पाए कि तुम्हारे पांव देखे, बहुत सुंदर हैं। इन्हें ज़मीन पर मत रखना, मैले हो जाएंगे। वैशाली ने सरजी की शाल उसने ओढ़ रखी थी। चेहरे पर तनाव साफ दिख रहा था। ऐसा लग रहा था कि वह नींद में भी निर्भया केस के बारे में ही सोच रही है। माथे पर एक आवारा लट ध्यान भटका रही थी। मन में आया कि लट संवार दें। लेकिन वह कुछ फैसला कर पाते इससे पहले ही ऊपर की मंज़िल से धड़धड़ाते हुए बच्चे उतरे और वैशाली की आंख खुल गई। वह सरजी को देख कर मुस्कुराई और कप थाम लिया।

"तो आज भी बाई नहीं आई...। आप उसे डांटोगे नहीं तो ऐसे

ही आपकी शराफत का फायदा उठाती रहेगी।'' वैशाली ने शिकायत करते हुए जोर से अंगड़ाई ली।

यह कौन ले रहा है अंगड़ाई

आसमानों को नींद आती है।

सामने सोफे पर बैठे सरजी ने फिराक का शेर जड़ दिया।

''आपको इतने शेर कैसे याद रहते हैं। वह भी मौके पर...'' वैशाली ने शर्माते हुए कहा था।

रात भर की जगी हो, दौड़ती भागती रही हो, अंगड़ाई तो बनती ही है। सरजी ने बात टाली।

''चाय के लिए शुक्रिया। वैसे आपने मेरे कहने पर कम से कम बाई से चाय बनाना तो सीख ली, वह भी कम दूध की, बस पुदीना ज़्यादा डालना था...अच्छा निकलती हूं अब।''

''दस मिनट रुको। पीजी छोड़ता हुआ दफ्तर चला जाऊंगा।'' जवाब सुने बगैर सरजी तैयार होने चले गए। वापस आए तो वैशाली टुकी की तस्वीर को निहार रही थी।

''बहुत क्यूट है आपकी बेटी।''

''आखिर बेटी किसकी है?''

''बहुत याद आती है उसकी...उसके पास चले क्यों नहीं जाते...?''

सरजी ने कुछ नहीं कहा। पर्स लिया और गाड़ी की चाबी उठा

ली। तभी बाई का आना हुआ।

''क्या बाईजी, कितनी छुट्टी करने लगी हो? साहब कुछ कहते नहीं तो इसका यह मतलब यह नहीं कि जब चाहे छुट्टी मार ली।''

''नहीं बिटिया, मरद बीमार है। उसको डॉक्टर के पास ले गई थी, वहीं देरी हो गई। साहब, थोड़ा रुको, जल्दी से कुछ बना देती हूं।''

''अब जल्दी क्या बनेगा?''

''रोटी बना देती हूं। सब्ज़ी रात वाली...''

''सब्ज़ी क्या है...''

''भरवां करेले की...तुम भी खा लो कुछ बिटिया।''

वैशाली को भरवां करेले का नाम सुनते ही उबकाई-सी आई और उसके चेहरे का रंग उड़ गया। वह वॉशरुम की तरफ भागी। वापस आई तो सरजी ने उसे तौलिया पकड़ाते हुए तबीयत पूछी।

''कुछ नहीं, सब ठीक है। रात भर की जगी हूं। पांच-छह चाय हो गई रात भर में शायद इसलिए...निकलतेr हूं सरजी। आप खा-पी कर आराम से निकलना।''

वैशाली कुछ सुने बगैर चली गई।

हरनील ने हर लिया चैन

सरजी पके-पकाए, तपे-तपाए पत्रकार थे। अखबारों और चैनलों में कुल मिलाकर एक दर्जन नौकरियां पिछले 15 सालों में कर और छोड़ चुके थे। पिता फौज में थे। सरजी जब दस साल के थे तो पिता असम में उग्रवादियों के खिलाफ एक ऑपरेशन में मारे गए थे। उस समय आज की तरह शहीद पैकेज नहीं हुआ करता था। मां को ज़रूर अनुकंपा के आधार पर नौकरी मिल गई थी। सेना के ही लेखा विभाग में। इकलौती संतान थे सरजी। आर्मी स्कूल में पढ़ाई हुई थी। लिहाज़ा अंग्रेज़ी शुरू से ही अच्छी रही। अनुशासन में रहना और सेहत का ख्याल रखना भी बचपन से ही साथ चला। फौज में जाना नहीं चाहते थे। आईएएस बन नहीं पाए तो अंग्रेज़ी अखबार में संवाददाता हो गए। पांच साल में पांच नौकरियां बदलीं और फिर दूरदर्शन में चले आए। कुछ साल वहां काम किया और फिर अखबार

के एक पुराने साथी ने न्यूज़ चैनल का दामन थामा तो सरजी की काबिलियत का उन्हें ख्याल आया। सरजी ने पूरी ज़िंदगी अंग्रेज़ी पत्रकारिता में खपाई थी लेकिन दोस्त के आग्रह पर हिंदी चैनल में काम करने को तैयार हो गए। नया चैनल था। नए-नए एंकर रखे जा रहे थे। उन्हें नए एंकर्स तैयार करने का काम सौंपा गया। खबर क्या होती है। सवाल क्या पूछे जाने चाहिए। सवाल किस तरह पूछे जाने चाहिए। जवाब से सवाल कैसे निकालने चाहिए। कहा गया कि दो-तीन महीने यही काम करें तब तक वह हिंदी न्यूज़ चैनल के काम करने के तौर-तरीकों से वाकिफ हो जाएंगे और हिंदी में सोचना बोलना भी शुरू कर देंगे जिसे वह पिछले पांच सालों में लगभग भूल चुके थे।

इन एंकर्स में से एक थी हरनील कौर। दिल्ली की हरनील कौर। कैसे प्यार हुआ यह किस्सा सरजी की ज़िंदगी का हिस्सा नहीं है। हिस्सा है तलाक़ का। दरअसल हरनील मॉडल बनने का सपना लेकर ही चैनल में आई थी। एंकर बनना उसके सपने की पहली सीढ़ी थी। लेकिन अचानक ही शादी हो गई और शादी के बाद सपना दम तोड़ने लगा था। लेकिन टुकी के होने के एक साल हरनील का सपना ज़ोर मारने लगा। कुछ ऐसे लोग मिल गए जो अफसोस जताते कि इतना फोटोजेनिक चेहरा फटाफट खबरें पढ़ने में जाया हो रहा है। हरनील ने सरजी से छुपाकर एक बार अपना

फोटोशूट भी करवाया और अपनी सहेली की शादी के बहाने मुंबई में पंद्रह दिन भी गुज़ारे। वापस आने के बाद देर रात मैसेज जाने-आने का सिलसिला शुरू हो गया। कुछ मैसेज सरजी ने भी पढ़ लिए जो सीधे-सीधे तलाक़ का आधार बनते थे। उन्होंने पहले नरम और फिर सख्त शब्दों में समझाने की कोशिश की तो हरनील टुकी के साथ अपनी मां के यहां चली गई।

कुछ दिन बाद ही सरजी पर 498 ए के तहत दहेज प्रताड़ना का मुकदमा दर्ज हो गया। साथ ही अपने ही पति पर रेप करने का आरोप लगा दिया। उन्हें कुछ दिन तिहाड़ जेल में भी बिताने पड़े। हरनील ने बेटी को यही बताया था कि सरजी उसके अंकल हैं, पापा नहीं। इसी शर्त पर बेटी से मिलने की इज़ाज़त भी दी थी। सरजी मन मसोस कर रह गए थे लेकिन टुकी की झलक देखने के लिए हरनील की हर बात मानने को मजबूर थे। एक साल बाद ही हरनील ने कनाडा में दूसरी शादी कर ली। बेटी को भटिंडा अपनी मां के पास भेज दिया गया। टुकी की नानी ने सरजी को तरसा कर रख दिया। महीने में एक बार सरजी बेटी से मिलने जाते तो कभी-कभी खिड़की पर से एक झलक दिखा कर पट बंद कर देती। सरजी कई बार स्कूल के पास एक कोने में दुबके रहते। स्कूल की छुट्टी होने का इंतज़ार करते ताकि टुकी को नज़र भर देख लें। एक दिन नानी ने देख लिया और पुलिस में टुकी का अपहरण करने की कोशिश की शिकायत

दर्ज करवा दी। हरनील के पिता कांग्रेस के स्थानीय नेता थे। भटिंडा छोटा-सा शहर था और उनकी स्थानीय पुलिस पर बहुत चलती थी। सरजी चाहते तो चैनल में अपनी हैसियत का फायदा उठा कर पुलिस पर दबाव डाल सकते थे लेकिन वह बदनामी के डर से चुप ही रहे। वह चाहते तो रातोरात एसपी का ट्रांसफर करवा सकते थे। लेकिन वह विवाद बढ़ाना नहीं चाहते थे। कुछ अपनी बदनामी का डर था तो उससे ज़्यादा इस बात की चिंता थी कि बेटी के बारे में लोगों को पता चल जाएगा। स्कूल में कहीं उसकी सहेलियां मज़ाक न उड़ाने लगें। छोटा-सा शहर है तरह-तरह की बातें बनने लगेंगी।

दरअसल वैशाली सरजी की ज़िंदगी में तब आई जब हरनील से उनके रिश्ते बेहद तनावपूर्ण चल रहे थे। सरजी को खबर लग चुकी थी कि हरनील बेटी को कनाडा ले जाने की फिराक में है। कोशिश यही हो रही है कि बेटी को अनाथालय में डाल दिया जाए और हरनील कनाडा से आकर उसे गोद ले ले। बेटी से जुदाई के गम ने सरजी को बिल्कुल खोखला कर दिया था। उधर हरनील कनाडा से ही सरजी के खास दोस्तों को फोन कर धमकी देती कि वह टुकी से दूर रहें तो अच्छा नहीं तो एक-दो नए मुकदमे ठोंक कर जीना हराम कर देगी। अकेले बैठते सरजी अक्सर सोचते कि औरत भी क्या चीज़ है। प्यार करती है तो नफा-नुकसान नहीं देखती। नफ़रत करती है तो नुकसान पहुंचाने की हर हद पार करने में ज़रा संकोच नहीं

करती। ऐसे मुश्किल समय में सरजी की वैशाली से मुलाक़ात हुई थी। सरजी को वैशाली से बातें करना अच्छा लगा था।

उधर लगभग ऐसे ही दौर से गुज़र रही थी वैशाली। उसे छोटे चैनल में काम करते हुए दो साल हो चुके थे। इस दौरान तनख्वाह तो नहीं बढ़ी थी अलबत्ता काम करने के घंटे ज़रूर बढ़ गए थे। ऊपर से कोई भी डांट देता था। कुछ भी कह देता था। उससे उम्मीद की जाती कि वह बरखा दत्त की तरह कोई खबर ले आएगी। कभी पीटीसी कराने के बहाने कैमरामैन डोरे डालने की कोशिश करता तो कभी स्टोरी काट रहा वीडियो एडीटर शाम को फिल्म देखने का प्रस्ताव रखता। वैशाली को धीरे-धीरे लगने लगा था कि उसे अपनी अधूरी पढ़ाई को जारी रखना चाहिए और किसी स्कूल में टीचर हो जाना चाहिए। साथ की लड़कियां वैशाली से आगे निकल गई थी। दो तो एक बड़े चैनल में एंकर हो गई थीं। उनमें से एक वैशाली की तरह ही यूपी के एक छोटे-से शहर से आई थी। एक दिन वह एक बड़े चैनल में काम कर रही सहेली से मिलने उसके दफ्तर गई तो उसकी मुलाक़ात इंजीनियरिंग सेक्शन के अफसर से हो गई। मुलाक़ात सिलसिले में बदली और सिलसिला गहराता चला गया। उसी सहेली के चैनल में आज वह कामयाब एंकर थी।

कामयाबी की ऐसी कहानियां सुनती तो लगता कि कैमरामैन के साथ मुस्कराने या वीडियो एडीटर के साथ फिल्म देखने से बेहतर

है बॉस के मैसेज पर स्माइली भेजना। लेकिन वह डर जाती। कभी संस्कार हावी हो जाते तो कभी घरवालों का डर सताने लगता। कभी लगता कि यह सब करके आखिर क्या हासिल हो जाएगा...दो साल की मेहनत, सुबह-शाम की भागदौड़ क्या सब बेकार है। शीशे के आगे खड़ी होती तो अपनी ही खूबसूरती पर खुद ही फिदा हो जाती। कभी इस खूबसूरती को कोसती। काश, खुदा ने खूबसूरती के साथ-साथ किस्मत भी बख्शी होती। दफ्तर में माहौल लगातार वैशाली के खिलाफ होता जा रहा था। कॉफ़ी पीने, फिल्म देखने जैसे प्रस्ताव ठुकराने को वैशाली की खुद्दारी की जगह उसके घमंड से जोड़ा जाने लगा। साथ की लड़कियां ही कह देती कि भाई, बड़ी अकड़ में रहती है। लगता है कि बदले में कुछ बड़ा चाहती है तभी तरसा रही है बॉस को, जो पीछे-पीछे दुम हिलाता फिरता है।

पहले तो वैशाली ने इस तरफ ध्यान नहीं दिया लेकिन ऑफिस दस मिनट लेट पहुंचने, शूट में देरी होने या पैकेज बनाने में समय ज़्यादा लगने पर डांट पड़ने लगी। वैशाली का उच्चारण अच्छा था, चेहरे पर भाव भी ठीक-ठाक आते थे। लेकिन दो-तीन बार उसकी पीटीसी (पीस टू द कैमरा यानी जहां रिपोर्टर कैमरे के आगे कुछ बोलता है और अंत में अपना और चैनल का नाम बताता है) में कोई न कोई नुक्स निकाल कर उसे पैकेज से निकाल दिया गया। एक दिन तो गज़ब ही हो गया। दिल्ली में प्याज़ के दाम सौ पार हुए तो

वैशाली को आज़ादपुर सब्ज़ी मंडी और अन्य रिपोर्टर चांदनी को सुपर बाज़ार भेजा गया। दोनों ने पीटीसी की लेकिन वैशाली की पीटीसी काट दी गई। वैशाली ने पीटीसी में कहा था कि प्याज़ खाया जाता है जबकि चांदनी ने कहा था कि प्याज़ खाई जाती है। बॉस यह बात मानने को तैयार ही नहीं हुए कि प्याज़ खाया जाता है। पीजी आकर उस दिन रो पड़ी थी वैशाली।

इन्हीं हालात में सरजी से वैशाली की मुलाक़ात हुई थी। सरजी से बातें करना वैशाली को बहुत अच्छा लगता था। सरजी के पास ढेरों किस्से थे। वह कभी दुष्यंत कुमार से लेकर ग़ालिब, मीर, दाग़ फ़ैज़ के शेर सुनाते तो कभी अपनी कवर की गई स्टोरी के बारे में विस्तार से बताते। कैसे अकाल की स्टोरी की जाती है, कैसे बाढ़ कवर की जाती है, कैसे सोर्स बनाए जाते हैं और कैसे सबूत हासिल करने के लिए पत्रकारों को रिश्वत तक देनी पड़ती है। सरजी अपनी विदेश यात्राओं के किस्से दिलचस्प अंदाज़ में सुनाते। सरजी अमेरिका से लेकर लंदन और ऑस्ट्रेलिया से लेकर चीन, जापान तक जा चुके थे। वह बताते कि काहिरा में तहरीर चौक के बाहर वह कैसे पिटते-पिटते बचे थे या व्हाइट हाउस को पहली बार देखकर उन्हें लगा था कि इससे बड़ी तो नोएडा के किसी बिल्डर की कोठी होती है लेकिन व्हाइट हाउस दुनिया का सबसे शक्तिशाली आशियाना है। वैशाली के लिए यह सब बिल्कुल नया होता। वह

अपनी बड़ी-बड़ी आंखें फाड़ कर सुनती रहती।

सरजी ने ही बताया था कि एक बार उन्हें बंगाल चुनाव की कवरेज के लिए भेजा गया। पांच चरण का चुनाव था। एक महीने से ज़्यादा चलना था। बीस दिन बाद सरजी को इतनी बोरियत महसूस हुई कि वह एक दिन पासपोर्ट लेकर कोलकाता एयरपोर्ट पहुंचे। वहां से मसाज के लिए मशहूर थाईलैंड के पर्यटन स्थल पटाया की टिकट कटाई और जहाज़ में बैठ गए। पटाया सीधे वह बीच पर पहुंचे। दिन भर बीयर पीते और समुंदर में नहाने में निकला। शाम को बीच पर ही एक लड़की से परिचय हुआ जो सरजी की तरह ही बीयर पी रही थी और नहा रही थी। लड़की अमेरिकी कंपनी में काम करती थी और हाल ही में उसका ब्रेक अप हुआ था। लड़की को सरजी ने भारतीय राजनीति के किस्से कुछ इस अंदाज़ में सुनाए कि वह फिदा हो गई। समुंदर किनारे उसके कॉटेज में सरजी ने देर शाम तक लड़की के साथ बीयर पी। अगले दिन दोनों फिर समुंदर में थे। नहाते, बीयर पीते और हर तीन घंटे बाद लड़की सरजी को कॉटेज ले जाती। शाम तक यह सिलसिला चला। देर रात की फ्लाइट पकड़ कर सरजी कोलकाता आ गए। चुनाव कवर करने के लिए।

सरजी की मदद से वैशाली आगे बढ़ रही थी। वह छोटी-सी स्टोरी को भी ऐसा एंगल देते कि वैशाली की स्टोरी चमक जाती। पीटीसी ऐसी लिखवाते कि बॉस की हिम्मत काटने की नहीं होती,

उल्टे तारीफ ही करनी पड़ती। दफ्तर का तनाव सरजी से मिलकर दूर हो जाता था। वैशाली अक्सर कहती थी कि सरजी आप शब्दों की खाते हैं। वैशाली बहुत खुश थी। वह कहती...सरजी आपके यहां से जाती हूं तो बिल्कुल हल्की हो कर जाती हूं। सारा टेंशन खत्म हो जाता है। पॉज़िटिव फीलिंग आती है। नए जोश से काम करने को मन करता है। जाते-जाते वह अक्सर कहती कि सरजी बस आप मेरा साथ देते रहना। एक दिन सबको ऐसा करारा जवाब दूंगी कि सब देखते रह जाएंगे। वह अपना बड़ा सा पर्स उठाती और सरजी के हल्के से गले लग निकल जाती।

वैशाली तो चली जाती लेकिन सरजी उसे कभी सोफे पर तलाशते तो कभी कुर्सी पर...उसके जाने के बाद उसकी एक-एक बात को याद करते और मुस्कराते। कभी कुछ भूल जाते तो खुद पर झुंझलाते। बात याद आ जाती तो बच्चों की तरह हंसने लगते। दरवाज़े पर हवा दस्तक देती तो सरजी को लगता कि वैशाली बाहर खड़ी है। वह दरवाज़ा खोलते और खुद पर तरस खाने लगते। सरजी को अपनी पुरानी गज़ल याद आ जाती जो उन्होंने हरनील के जाने के बाद लिखी थी।

दरवाज़े पर फिर फिर आहट-सी है
कैसे मानूं हवा की सरसराहट-सी है
उसके जाने के बाद देखा

घर में उसकी बसावट-सी है
दीवाने ग़ालिब हो या मीर की किताब
पन्ना-पन्ना अंगुलियों की थरथराहट-सी है
गालियों के मैसेज फिर-फिर पढ़े
फिर-फिर ज़िंदगी में तरावट-सी है
न कॉल करना, न मैसेज ही करना,
इश्क के सेंसेक्स में गिरावट-सी है
तू लौट के न आना, तुझे मेरी कसम
मेरी मोहब्बत में भी बगावत-सी है

सरजी को सहज होने में आधा घंटा लगता और फिर अपना सर झटकते। यह क्या कर रहे हो सरजी, संभलो। लड़की को तो अभी काम है, उसका स्वार्थ है...जिस दिन टीवी पत्रकारिता सीख जाएगी उस दिन टाटा फिर नहीं मिलेंगे कहते हुए फुर्र हो जाएगी...तुम्हारे हिस्से क्या आएगा फिर वही तन्हाई और चीर देने वाली यादें। ऊपर से हरनील की तरह कोई आरोप ही लगा दिया तो क्या करोगे सरजी। पगड़ी संभालिए ए मीर, कोई और बस्ती नहीं, दिल्ली है। सरजी कसम खाते कि लड़की से इतना मेल-जोल ठीक नहीं। फोन पर ही सुझाव या स्टोरी आइडिया दे दो, पीटीसी लिखवा दो। घर को तनाव मुक्ति सेंटर नहीं बनाना है। तय करते कि अगली बार मिलने आने की बात कहेगी तो टाल देंगे। एक-दो बार टाला भी। एक दिन सुबह

सात बजे वैशाली का फोन आया कि उसे स्पेशल कार्यक्रम करने को कहा गया है और वह सरजी से कुछ राय लेना चाहती है। सरजी जवाब देने लगे तभी दरवाज़े की घंटी बजी। लगा बाई होगी। वैशाली से फोन पर बात करते-करते दरवाजे की तरफ बढ़े।

''देखो, वैशाली इन दिनों बहुत बिज़ी हूं। अभी भी ऑफिस में बैठा हूं। ऐसा करते हैं कि नेक्स्ट वीक देखते हैं। मैं खुद कॉल करूंगा...''

दरवाज़ा खोला तो सामने वैशाली खड़ी थी। दोनों ने एक दूसरे को देखा और ऐसे गले मिले जैसे बरसों बाद मिले हों। हरनील के जाने के बाद पहली बार सरजी किसी देह के इतने नज़दीक गए थे। सरजी को दिन भर देह परेशान करती रही। अंत में इसी निर्णय पर पहुंचे कि यह रिश्ता और ज़्यादा आगे बढ़े उससे पहले ही खूबसूरत मोड़ देकर छोड़ना अच्छा। देर शाम सरजी ने दफ्तर से घर जाते समय मोबाइल से इस्तीफा भेज दिया। एजेंट से कनाडा का वीज़ा लगवाने को कहा और गाड़ी पलक के घर की तरफ मोड़ ली।

गाड़ी में गज़ल सुबक रही थी...शाम से आंख में नमी-सी है, जाने किस चीज़ की कमी-सी है। शाम से...

पलक की बरसाती

पलक ने दरवाज़ा खोला। सामने सरजी खड़े थे।

"आइए जनाब, तो दे दिया इस्तीफा। चलो अच्छा किया। कोई तो फैसला किया।

सरजी कुछ नहीं बोले और सोफे पर पसर गए। पलक ने सिगरेट सुलगा ली।

कुछ खाया...। चलो कुछ जुगाड़ करती हूं। तब तक तुम फरीदा खानम के पहलु में बैठो।"

कमरे में एक मीठी आवाज़ तैरने लगी थी। आज जाने की ज़िद न करो...यूं ही पहलु में बैठी रहो...आज...

पलक डिफेंस कॉलोनी में रहती थी। ढाई मंज़िला कोठी की इकलौती मालकिन। नीचे ग्रांउड फ्लोर में पलक रहती थी। ऊपर की मंज़िल किराए पर दी हुई थी। सबसे ऊपर की बरसाती कभी

दोस्तों के काम आती थी तो कभी किराए पर चढ़ा दी जाती थी। पलक एक बड़े चैनल में एक बड़ी एंकर थी। तेज़-तर्रार एंकर। बहस में तो अच्छों-अच्छों की छुट्टी कर देती थी। हालत यह थी कि नेता गेस्ट कोऑर्डीनेटर से एंकर के बारे में पूछते। पलक का नाम आते ही कहते कि अब तो पूरी तैयारी के साथ आना पड़ेगा। सरजी तो मज़ाक-मज़ाक में उसे लेडी अर्नब गोस्वामी कहने लगे थे।

पलक से सरजी की दोस्ती दस साल पुरानी थी। सरजी जिस अंग्रेज़ी अखबार में काम करते थे वहीं पलक मार्केटिंग विभाग में आई थी। अक्सर ही वह संपादकीय विभाग में आती और उत्सुकता से देखती रहती। सरजी वैसे तो रिपोर्टिंग के लिए दिन भर दफ्तर से बाहर रहते थे लेकिन सुबह संपादक के साथ की बैठक के बाद बाहर निकलते तो पलक पर नज़र पड़ जाती थी। एक दिन परिचय हुआ। चाय की थड़ी पर दोनों बैठे। उसने रिपोर्टिंग में आने की इच्छा जताई। सरजी का अंग्रेज़ी अखबार हिंदी भाषी राजधानी से निकलता था। ज़्यादातर रिपोर्टर बाहर से ही आए थे जो हिंदी वालों से कॉपी लेकर उसका अनुवाद अपने नाम से छाप दिया करते थे। ऐसे में पलक के लिए गुंजाइश निकल सकती थी। पलक को उन्होंने अपने चीफ से मिलवाया। खुले गले की टी शर्ट पहने पलक ने थोड़ा झुक कर चीफ से हाथ मिलाया।

चीफ को लगा कि अब तो इस लड़की को रिपोर्टर बनाना ही

उनकी पत्रकारिता का एकमात्र मिशन रह गया है। चीफ ने पलक को रिपोर्टिंग सिखाने की ज़िम्मेदारी इस शर्त के साथ सौंपी कि पलक की खबर का संपादन वह स्वयं करेंगे। सरजी के साथ पलक दिन भर घूमती। पहले सरजी को असहज लगता था। हर आंख में सवाल और शरारत तैरती दिखती लेकिन फिर सब कुछ सामान्य होता चला गया। पलक को वुमन इश्यू बीट मिल गई। दिन भर रिपोर्टिंग करती और शाम को चीफ ख़बर का संपादन कम करते और किस्से सुनाते कि कैसे मुख्यमंत्री उनकी ख़बर से डर गए थे और कैसे 1971 की लड़ाई में वह बॉर्डर पर चलती गोलियों के बीच रिपोर्टिंग करने गए थे। पलक सुनती रहती। बीच-बीच में वाह ग्रेट, यू आर मैचो मैन कहती तो चीफ नई सिगरेट सुलगा कर गहरा कश लेते। उसके बाद उन्हें खांसी का दौरा पड़ता और पलक एक्सक्यूज़ मी कह कर उठ जाती। चीफ की मैचो मैन की छवि को धुआं-धुआं करते हुए।

पलक ने चीफ का नाम ठरकी रख दिया था। उन्हीं दिनों स्थानीय दूरदर्शन पर स्थानीय समाचारों का प्रसारण शुरू हुआ। सरजी के पुराने दोस्त को उसका प्रभारी बनाया गया था। दोनों जेएनयू में साथ-साथ पढ़े थे और आईएएस में साथ ही रिजेक्ट हुए थे। दोस्त भारतीय सूचना सेवा में चला गया था। बरसों बाद दोनों का मिलन। हुआ था। बातों ही बातों में दोस्त ने न्यूज़ रीडर भर्ती करने की बात

कही तो सरजी ने पलक को मिलवा दिया। पलक का चेहरा-मोहरा ठीक ही था। बस हिंदी में उच्चारण दोष था। दोस्त ने ऑडीशन से पहले उसे सुधारने का ज़िम्मा लिया। पलक दो-तीन बार दोस्त के घर उच्चारण दोष दूर करने गई और तीसरी बार में दोष दूर हो ही गया। अब सप्ताह में दो दिन पलक समाचार पढ़ने जाने लगी। चीफ को यह बात नागवार गुज़री और सारा गुस्सा उतरा सरजी पर।

उन्हीं दिनों एक दलित महिला से गांव के दबंगों ने रेप किया जिन्हें राजनीतिक संरक्षण हासिल था। सरजी ने राजनीतिक कोण से खबर की और पलक ने महिला कोण से। जिस नेता पर सरजी ने मामला दबाने का आरोप लगाया वह चीफ साहब के दोस्त थे। उन्होंने पहले समझाया। नहीं माने तो खबर में काट-छांट करना शुरू कर दिया। पहले पन्ने की खबर पांचवे-छठे पेज पर डलवा देते। सरजी को एक दिन ताव आया। ब्यूरो मीटिंग में ही संपादक के सामने चीफ साहब की मां-बहन की और इस्तीफा दे कर दिल्ली चले आए। वहां एक साप्ताहिक अंग्रेज़ी पत्रिका में नौकरी कर ली। पीछे से पलक को चीफ ने बॉर्डर के किस्से इतने ज़्यादा सुनाए कि उसने भी वापस दिल्ली आना मुनासिब समझा।

दिल्ली आते ही पलक प्रेस क्लब में सरजी से मिली। दो-दो पैग पीने के बाद दोनों निकले। पलक ने सरजी को इंदिरापुरम ड्रॉप किया जहां वह अपने दोस्त के यहां रह रहे थे। घर की हालत देख कर

पलक ने ड्राइवर को अंदर बुलाया और सरजी से अपना सामान बांधने को कहा। सारा सामान गाड़ी की डिक्की में डलवाया और अपने घर की बरसाती में रखवा दिया। सरजी ने अगले छह महीने वहीं गुज़ारे। सुबह की चाय बरसाती में पी जाती। नाश्ता पलक के यहां होता और रात को दारू के बाद डिनर भी। उन्हीं दिनों निजी न्यूज़ चैनल खुलने का दौर शुरू हुआ था। सरजी ने उसी दौरान अपने एक दोस्त के कहने पर एक हिंदी चैनल में नौकरी शुरू की थी। वहां एंकर्स को ख़बर बताने का ज़िम्मा सौंपा गया था और वहीं सरजी की हरनील से मुलाक़ात हुई थी। पत्रकारिता संस्थान से निकले युवा रिपोर्टर यूं तो पीटीसी करने, बाइट लेने, कैमरा फेस करने जैसी बातें तो खूब सीख कर आते हैं लेकिन खबर क्या है, इसकी पहचान नहीं कर पाते। मुखड़ा नहीं बना पाते हैं। एंकरों का तो और भी ज़्यादा बुरा हाल है। इन्हीं में हरनील भी थी। लंबी पतली और बेहद खूबसूरत। एंकर से ज़्यादा मॉडल लगती थी और सरजी को उसे मॉडल से एंकर बनाना था। एक महीना लगा आतमहत्या से आत्महत्या, सकरीन से स्क्रीन बुलवाने में। दोनों कब नज़दीक आ गए दोनों को ही पता नहीं चला। या शायद यूं कहा जाए कि हरनील रणनीति के तहत नज़दीक आ रही थी और सरजी सच्चे प्यार के तराने गा रहे थे। एक दो-बार हरनील बरसाती में भी आई थी और पलक ने दोनों को खान मार्केट में कॉफ़ी पीते भी देख लिया था।

सरजी ने पलक के साथ लंबा वक्त गुज़ारा था लेकिन कभी प्यार जैसी बात उनके दिल में नहीं आई थी। पलक ज़रूर मन ही मन प्यार करने लगी थी। सरजी तो स्टूडियो की हदों में बांध दिए गए थे लेकिन पलक विशेष शो भी एंकर करती थी। चुनावों के समय शहर-शहर भटकती थी। दिल्ली में भी कभी इंडिया गेट, कभी प्रगति मैदान तो कभी बड़ी घटना होने पर सीधे घटनास्थल से वह विशेष बुलेटिन करती थी। यहां सरजी सहारा थे। ओपनिंग में क्या बोलूं, कोई शेर बता दो, कौन-कौन से मुख्य बिंदु उठाऊं, क्लोज़िंग कैसे करूं...कई बार देर रात पलक का फोन आता और नींद में होने के बावजूद सरजी यही कहते कि बस अभी दफ्तर से घर पहुंचा हूं। फरमाइए।

हरनील से नज़दीकी बढ़ने के साथ ही पलक सरजी से खिंचने लगी थी। सरजी भी इसे महसूस कर रहे थे। एक शाम तीन-तीन पैग के बाद पलक ने हरनील के बारे में पूछा था। तब तक सरजी हरनील को पलक की बरसाती में दो बार चूम चुके थे जबकि सालों से पलक से जान-पहचान के बाद भी हाथ तक नहीं पकड़ा था। सरजी ने बिना किसी घुमाव के सीधा कहा कि वह सोचते हैं कि यह शादी के लिए ठीक समय है।

"तो मुझसे शादी क्यों नहीं करते। मुझे भी तुमने रिपोर्टर बनाया। दूरदर्शन में न्यूज़ रीडर बनाया। चैनल में एंकर रखवाया। हरनील को एंकर बनाया और उससे प्यार हो गया। मुझसे प्यार क्यों नहीं हुआ?"

सरजी ने बात टालने की कोशिश की। गालिब का शेर सुनाकर।

हैरान हूं दिल को रोऊ या पीटूं जिगर को मैं

मकदूर हो तो साथ रखूं नौहागर को मैं

लेकिन पलक ने न तो मकदूर (पैसा या हैसियत) का मतलब पूछा और न ही नौहागर (पेशेवर रोने वाले) का। वह तो सीधे-सीधे जवाब के लिए अड़ गई। दोनों में झड़प हो गई। पलक ने सरजी की टी शर्ट को पकड़ कर ज़ोर से झटका दिया। सरजी ने पलक को दूर रखने के इरादे से हल्का-सा धक्का दिया लेकिन पलक लड़खड़ा कर दूर गिरी। टेबल का कोना उसके माथे पर लगा और उसने सरजी को मां-बहन की गालियां देना शुरू कर दिया। सरजी को धक्का देकर कोठी से बाहर किया। अपना ड्राइवर बुलाया जो पीछे सर्वेंट क्वार्टर में रहता था।

''साहब का सामान बरसाती से अभी निकालो और उसी सड़े से फ्लैट में छोड़ आओ जहां से लाए थे।''

कुछ दिनों बाद पलक ने सरजी को मैसेज किया...अगले संडे मेरी शादी है। तुमको आने की कोई ज़रूरत नहीं है।

***

हाय मर जाएंगे, हम तो लुट जाएंगे, ऐसी बातें किया न करो...आज जाने की ज़िद न करो...फरीदा खानम की मीठी आवाज़ पूरी कोठी में तैर रही थी।

इंदिरापुरम के उस फ्लैट और बरसाती का किस्सा याद कर रहे हो क्या...पलक ने टोका तो सरजी चौंके।

''अच्छा बताओ, इस्तीफे पर संपादकजी को कोई रिस्पॉन्स आया क्या...''

सरजी ने फोन आगे कर दिया: ''शराब के नशे में दिया गया इस्तीफा मंज़ूर नहीं किया जाएगा। कल होशोहवास में इस्तीफा दीजिएगा तब उस पर सोचा जाएगा।''

''तो कल दे देना होशोहवास में...इसमें टेंशन क्या है?''

''होशोहवास में तो सिर्फ एटीएम से पैसा निकाला जाता है। बाकी ज़िंदगी के बड़े फैसले तो बिना सोचे-समझे ही लिए जाते हैं।''

''वाह रे मेरे फिलॉस्फर। चलो मूड ठीक किया जाए। तुम वह कहानी सुनाओ- ''स्नेहा, सरजी और सर्पदोष''।

दोनों ने ठहाका लगाया।

स्नेहा ने किस तरह सरजी से सर्पदोष मुक्ति करवाई...इस दिलचस्प किस्से को सुनाएंगे हम आगे। एक पैग, सॉरी, ब्रेक के बाद। आप पढ़ते रहिए करेला इश्क का...सरजी और पलक ने एक स्वर में एंकरिंग करते हुए चीयर्स किया।

भसड़ ही भसड़

वैशाली ने निर्भया केस को पूरी गंभीरता से लेना शुरू कर दिया था। दिन भर कभी इंडिया गेट पर लोगों के गुस्से को आवाज़ देती, कभी छेड़खानी की शिकार लड़कियों के आक्रोश को सामने रखती, कभी बलात्कार की शिकार उन लड़कियों की कहानी सामने लाती जो अब तक इंसाफ के लिए अदालतों के चक्कर काट रही थीं, कभी महिला संगठनों और वकीलों की मदद से स्टोरी करती कि आखिर रेप केस में औसत मुकदमा इतने साल क्यों लेता है और तीन चौथाई से ज़्यादा आरोपी बाइज़्ज़त बरी क्यों हो जाते हैं। सरजी ऐसे ढेरों आइडिया सुझाते रहते थे। वैशाली पूरी मेहनत से उन्हें छोटे पर्दे पर कहानी के रूप में लाती थी। कुल मिलाकर वैशाली अलग तरह की लड़की थी। स्टोरी के प्रति कमिटमेंट देख सरजी को अपने दिन याद आ जाते थे जब वह नए-नए रिपोर्टर बने थे। एक दिन बातों-बातों

में सरजी ने पूछा था, ''जाटों में तो बबीता–गीता, सोनिका–मोनिका जैसे नाम होते हैं लेकिन तुम्हारा नाम वैशाली बिल्कुल ही हटकर है। किसने रखा?''

''पापा ने नाम रखा था। दरअसल पापा के बैंक में नई बैंक मैनेजर आई थी। कोलकाता की वैशाली सेनगुप्ता। मैं उस समय मां के पेट में थी। मां ने ही बाद में बताया था कि वैशाली बहुत ही खूबसूरत थी और साथ ही दबंग भी। आते ही उसने पापा से कहकर कर्ज़ नहीं चुकाने वालों की सूची मंगवाई थी और सबको चेतावनी लेटर जारी करने को कहा था। हरियाणा के एक जाट बहुल कस्बे के एक बैंक का ऐसा फरमान सचमुच अनोखा था। जाटों ने शुरू में परवाह नहीं की लेकिन वैशाली सेनगुप्ता ने दबाव डालना शुरू किया। कर्ज़ की किश्त नहीं चुकाने वालों और उनके परिजनों को किसी भी अन्य योजना के तहत कोई कर्ज़ नहीं दिया। वैशाली सेनगुप्ता के संघर्ष के दौरान ही मेरा जन्म हुआ था। पापा चाहते थे कि मैं भी वैशाली की तरह मज़बूत बनूं...उस जैसी खूबसूरत तो हूं ही मैं...। क्यों हूं न खूबसूरत...?''

''हम्म।''

''हम्म क्या? बोलो न सरजी कैसी लगती हूं मैं?''

सरजी उसके बाल चेहरे पर छितरा देते और कहते, ''मधुबाला। मेरी मधुबाला।''

लेकिन मधुबाला हो या वैशाली, उनको लेकर मर्दों की मानसिकता बदली नहीं थी। कभी कभी वैशाली सोचती कि इंडिया गेट पर रोज़ हज़ारों की संख्या में जमा होने वाले लड़के, मोमबत्ती जलाने वाले लड़के अगर लड़कियों को छेड़ना बंद कर दें तो रेप कम हो जाएं। ऐसे ही एक दिन वैशाली की अपने कैमरामैन से तीखी बहस हो गई थी।

"बहुत मेहनत कर रही हो वैशाली। इस बार का गोयनका अवार्ड तुम्हे ही मिलेगा।"

"मैं अवार्ड के लिए नहीं कर रही हूं।"

"तो फिर किसलिए कर रही हो...क्या है खास निर्भया केस में...रोज़ ऐसे न जाने कितने रेप होते हैं।"

"ठीक कहते हो लेकिन निर्भया केस एक प्रतीक बन गया है। इस केस के बहाने रेप के कानून सख्त होंगे, सरकारें जागेंगी, रेप विक्टिम्स को मुआवज़ा समय पर और पूरा मिल सकेगा। मुझे पूरा विश्वास है कि निर्भया के साथ रेप करने वालों को फांसी होगी और जल्द होगी, इससे समाज में कुछ डर बैठेगा।"

"वह तो ठीक है लेकिन निर्भया तो अपने किए का ही भुगत रही है।"

"मतलब...?"

"गरीब घर की लड़की...बाप एयरपोर्ट पर पोर्टर और जा रही है

अपने ब्वॉय फ्रेंड के साथ अंग्रेज़ी फिल्म देखने..."

"यह क्या बेतुका तर्क हुआ..." वैशाली उखड़ने लगी थी।

"तुम भी तो गांव की हो। तुम गई क्या कभी अंग्रेज़ी फिल्म देखने...इस तरह रात में...वह गई तो भुगते भी।" कैमरामैन ने सिगरेट सुलगा ली। "यू जस्ट रिलेक्स वैशाली।"

"व्हाट रिलैक्स...क्या रबिश बोल रहे हो?"

"रबिश क्या। सर्दियों की रात अंग्रेज़ी फिल्म देखी। अब फिल्म कुछ सेक्सी रही होगी। दोनों कोई एकांत कोना तलाश रहे होंगे। बस में चढ़ गए जो खाली थी। दोनों पिछली सीट पर बैठे चूमाचाटी कर रहे होंगे। तो खलासी, ड्राइवर और दूसरों को मौका मिल गया... कर दिया..."

"कैसी कमीनी सोच है तुम मर्दों की। सुनो, खड़े होकर मूतने से कोई मर्द नहीं बन जाता। आगे से बकवास मत करना।" वैशाली उखड़ गई थी। कैमरामैन के अंदर का मर्द भी सहम गया था।

दरअसल सरजी ने वैशाली की नौकरी एक ऐसे चैनल में लगवा दी थी जिसकी रेटिंग ठीक-ठाक आती थी। नए चैनल में आने के तीन महीने बाद ही निर्भया कांड हुआ था। वैशाली को यहां खुद को साबित भी करना था और अपनी पहचान भी बनानी थी। शुरू के तीन महीने वैशाली ने कैसे काटे यह वही जानती थी। सरजी ने चैनल के एडीटर से कह कर नौकरी लगवाई थी। वहां का ब्यूरो

चीफ (बीसी) अपनी किसी सहेली को रखवाने के फेर में था। ऐसे में बीसी पहले दिन से ही खुन्नस पाल बैठा था। वैशाली जो भी स्टोरी आइडिया देती तो जवाब एक ही मिलता...कुछ नया सोचो बेटा, कुछ नया...ऐसे नहीं चलेगा।

जिस शाम वैशाली की तरफ से कोई स्टोरी आइडिया नहीं जाता उस रात बीसी स्टोरी आइडिया की मांग करते। कहते कि यह तो मस्ट है। वैशाली के सारे आइडिया ठुकराते। फिर एक थका हुआ आइडिया अपनी तरफ से पेश करते लेकिन वैशाली को आइडिया की तारीफ करते हुए थैंक्स का मैसेज भेजने को मजबूर होना पड़ता। पलट कर बीसी का मैसेज आता...बार्बी डाल, मौज करो। स्माइली।

वैशाली का मन सर पीटने या फिर इस्तीफा देने का होता। सारा गुस्सा सरजी पर उतरता। किस चैनल में लगवा दिया। यहां तो भसड़ ही भसड़ है। कोई बार्बी डाल कहता है तो कोई कहता है कि प्रियंका चोपड़ा जैसी लगती हूं। कोई कहता है कि अड्डा चलते हैं, कैपेचीनो पीने। साले, तेरे बाप ने दुकान खोल रखी है...उस पर चैनल की लड़कियां इतनी कमीनी हैं कि कहती है अरे, बीसी सर, सिर्फ कॉफ़ी नहीं, साथ में पिज़्ज़ा भी...मैंने एक दिन एतराज़ किया तो कहने लगीं कि अगर कोई चूतिया बनने को तैयार है तो हमारा क्या जाता है। खिला पिला रहा है। खिलाने पिलाने दो। अगर बीसी सोचता है कि एक कॉफ़ी के बदले उसे मिल जाएगी तो साला सुपर...है।

वैशाली के चैनल में तनाव बढ़ता ही जा रहा था। पुराने संपादक को निकाल दिया गया था और नए से सरजी की खास दोस्ती थी नहीं। नया संपादक अपने किसी आदमी को ब्यूरो चीफ बनाना चाहता था। लिहाजा वह बीसी में मीन-मेख निकालता। बदले में बीसी का गुस्सा रिपोर्टरों पर निकलता। यह बात सरजी वैशाली को समझाने की कोशिश करते।

''कभी-कभी मुस्करा देने में क्या जाता है। समझ लो तुम भी...बना रही हो।''

लेकिन वैशाली अपनी ज़िद पर अड़ी रहती। उसे अच्छी तरह से पता चल गया था कि वह सरजी की भावनात्मक कमज़ोरी बन गई है और सरजी अब उसे खुद से दूर जाने का जोखिम उठा ही नहीं सकते। यह बात काफी हद तक सच भी थी।

ऐसे में जब निर्भया रेप केस हुआ तो सरजी को लगा कि वैशाली इसमें कैरियर की संभावनाएं तलाश सकती है। अब कम से कम अगले एक महीने बीसी रोज़ के स्टोरी आइडिया के लिए तंग नहीं करेगा। तब तक सब ठीक हो ही जाएगा। ऐसा हुआ भी।

उधर निर्भया कांड के बाद प्राइवेट सेक्टर में वूमन स्टाफ को लेकर बहस छिड़ गई थी। खबरें भी छपी थीं कि कंपनियां महिलाओं को नौकरी पर रखने के बारे में दो बार सोचने लगी हैं। चैनलों में भी इसका असर देखा जा रहा था। संपादकों–प्रबंधकों पर अतिरिक्त

ज़िम्मेदारी आ गई थी। महिलाओं के लिए पिक अप और ड्रॉप की व्यवस्था को और ज़्यादा कसा गया था। शाम सात बजे के बाद ड्रॉप में गार्ड को भी भेजा जाने लगा था। महिला रिपोर्टर के साथ फील्ड में कोई अनहोनी न हो इसका डर सताने लगा था। कोई लड़की किसी की शिकायत न कर दे, यह आशंका डराने लगी थी। खुद सरजी के चैनल में महिलाओं की नाइट शिफ्ट खत्म कर दी गई थी। इस दौरान जिस किसी महिला ने इस्तीफा दिया वह तुरंत सधन्यवाद स्वीकार कर लिया गया। एडीटर के कमरे में कोई महिला जाती तो वह दरवाज़ा आधा खोल देते। पांच मिनट बाद ही किसी न किसी सीनियर साथी को भी बुला लेते। हां, बड़ी बहस, महाबहस, हल्ला बोल, सबसे बड़ी बहस, सबसे गरमागरम बहस में निर्भया को जम कर बेचा जा रहा था।

ऐसा ही तनाव पलक भी अपने चैनल में झेल रही थी। रात की ड्यूटी के बाद गार्ड साथ जाने लगा था जो ठेठ घर तक छोड़ कर आता था। पलक यूं तो खुद की गाड़ी से आती थी लेकिन निर्भया कांड के बाद उसमें भी डर समा गया था। वह ऑफिस की गाड़ी का इस्तेमाल करने लगी थी। एक रात पलक घर जा रही थी। साथ में विज्ञापन शाखा में काम करने वाली मेधावी भी थी जिसे रास्ते में उतरना था। आगे ड्राइवर की बगल में गार्ड बैठा था। दोनों हरियाणवी भाषा में बात कर रहे थे। मेधावी खुद हरियाणा से थी। गार्ड ड्राइवर

से कह रहा था कि अच्छी ड्यूटी बढ़ गई है। इन रांडों को कुछ आता-जाता तो है नहीं। अब इन रांडों को घर तक छोड़ने जाओ। ड्राइवर ने बात आगे बढ़ाई। चैनल वाले भी इनके नखरे ज़्यादा ही उठाने लगे हैं। मुंह पोत-पात कर बैठ जाती हैं और कहीं भी टांगें चौड़ी करने को तैयार...मेधावी ने गाड़ी वहीं की वहीं रुकवाई। गार्ड को गाड़ी से बाहर निकाला और एक थप्पड़ रसीद कर दिया। ड्राइवर इतना डरा कि पैर पड़ गया।

मेधावी का गुस्सा कुछ शांत हुआ। उसने बताया कि दोनों क्या बात कर रहे थे। इस पर पलक का कहना था कि थप्पड़ मारने की क्या ज़रूरत थी। यह लोग हम एंकरों और रिपोर्टरों को लेकर इतनी छोटी सोच रखते हैं तो इसमें सारी गलती इनकी नहीं है। इस छवि को बनाने में चैनल के लोगों का हाथ भी कम नहीं है। अगर लाइव में फीमेल एंकर कोई गलती कर दे तो पैनल प्रोडयूसर बखेड़ा खड़ा कर देते हैं लेकिन अगर ऐसी ही गलती कोई मेल एंकर करे तो उसे स्लिप ऑफ द टंग कह कर टाल दिया जाता है। पीसीआर में सब मर्द, स्टूडियो में कैमरामैन से लैकर लाइटमैन तक सब मर्द। यहां तक कि रिपोर्टर, एक्सपर्ट और नेता भी 90 फीसद सब मर्द। कितनी अकेली हो जाती है महिला एंकर। घर में बच्चा बीमार है, सास से सुबह नाश्ते को लेकर झगड़ा हुआ है, पीरियड्स चल रहे हैं...किसी को क्या फर्क पड़ता है। सुबह कितना टाइम मिलता है अखबार

पढ़ने का...पैनल प्रोडयूसर भी ब्रेकिंग न्यूज़ के समय आधी-अधूरी खबर बता सीधे फोनो से जोड़ देता है...कई बार तो नेता तक के नाम गलत बता देते हैं लेकिन सारी गलती महिला एंकर पर ही डाल दी जाती है। अक्ल से पैदल है। ऊपर का तल्ला खाली है।

पलक की भड़ास को दफ्तर से आए फोन ने लगाम दी। कल सुबह सहारनपुर जाना है। लव जेहाद पर बड़ा शो है। पलक ने फोन रखा और अपना लव जेहाद याद आ गया।

अब मैं विदा लेता हूं...

यमुना में बाढ़ आ गई थी। पानी बढ़ता जा रहा था। लोहे के पुल को बस छूने वाला था। हथिनी कुंड बैराज से लगातार पानी छोड़ा जा रहा था। चैनलों पर इस पर चर्चा गर्म थी कि क्या यह लुटियंस ज़ोन तक पहुंच सकता है और अगर पहुंच गया तो क्या होगा। संपादकीय बैठकों में चर्चा इस तरफ जा रही थी कि अगर पानी प्रधानमंत्री निवास तक पहुंच गया तो यह कितनी बड़ी खबर होगी और उसकी कवरेज कैसे होनी चाहिए। एक चैनल की ऐसी ही उच्चस्तरीय बैठक में किसी ने कहा कि प्रधानमंत्री अपने घर से नाव पर संसद जा रहे हैं...क्या वीडियो होगा। सच तो यही था कि किसी चैनल के पास कोई बड़ी खबर थी नहीं। लिहाज़ा सभी यमुना-यमुना खेल रहे थे। एक बड़े चैनल ने अपने धुरंधर एंकर को उतारा। वह लोहे के पुल के पास से लाइव करने लगा। देखते ही देखते दूसरे

चैनलों के धुरंधर भी पानी में उतर गए। कोई नाव से लाइव था तो कोई घुटने भर पानी से।

इन्हीं धुरधंरों के बीच वैशाली भी थी। उसी का फोन था।

"सरजी, आप नहीं नज़र आ रहे यहां। आपके चैनल का सबसे सीनियर एंकर घुटनों तक जींस चढ़ाए खड़ा है पानी में। गुटखा खा कर यूं घूर रहा है जैसे चबा ही जाएगा। साला लफंगा कहीं का। एमसी, बीसी।"

"बात-बात पर यमुना की तरह क्यों उफनती हो। उसकी नज़र पड़ गई तो रातोरात बड़ी रिपोर्टर बना देगा।" सरजी ने चुटकी ली।

"सरजी, आगे से मज़ाक में भी ऐसी बात मत करना। मुझे रातोरात रिपोर्टर नहीं बनना है। मुझे दिन की मेहनत से रिपोर्टर बनना है समझे। आपके पास आती हूं इतना ही बहुत है। आप पर पूरा विश्वास है। आप दूसरों जैसे नहीं हो। अच्छा, कुछ अलग क्या करूं यह तो बताओ प्लीज़।"

सरजी ने लोहे के पुल का इतिहास बताया। कैसे यह पुल दिल्ली को जोड़ता रहा है। 115 साल पहले बना यह पुल उस समय भी बिलकुल नई तकनीक से बना था। यह भी बताया कि अकबर बादशाह के समय यमुना लालकिले को छूते हुए बहती थी और बादशाह यमुना को एक सांस में तैर कर पार कर जाते थे और...

वैशाली ने फोन काट दिया। वह समझ गए कि वैशाली लाइव

है। कैमरामैन आदित्य वैशाली का लाइव करवा रहा था। हवा बहुत तेज़ चल रही थी। बार-बार लटें माथे पर आ रही थी। आदित्य बार-बार इशारा करता और वैशाली लट कान के पीछे खींच लेती। दोनों हौले से मुस्करा देते।

आदित्य ने वैशाली के साथ-साथ ही नौकरी शुरू की थी। पिता दिल्ली सरकार में निजी सहायक (पीए) थे। वह कृषि सचिव के पीए होते तो आज़ादपुर सब्ज़ी मंडी से ताज़ी सब्ज़ियां और फल घर आ जाया करते। परिवहन विभाग सचिव के पीए बनते तो दोनों बहनों और आदित्य को डीटीसी का मुफ्त पास मिल जाता। आदित्य इंजीनियर बनना चाहता था लेकिन बारहवीं में नंबर कम आए और किसी प्रतियोगी परीक्षा को भी नहीं निकाल पाया। एक दिन डरते-डरते प्राइवेट इंजीनियरिंग कॉलेज में डोनेशन से एडमिशन का प्रस्ताव पिता को दिया। उन्होंने बहनों की शादी के दहेज का वास्ता देकर बात खत्म कर दी।

आदित्य के घर के पास ही एक बड़े चैनल का कैमरामैन रहा करता था। उसे दफ्तर की गाड़ी कई बार लेने या छोड़ने आती। कभी वह प्रधानमंत्री के साथ विदेश दौरे पर जाता तो कभी राष्ट्रपति के साथ। जब भी ऐसे किसी दौरे से लौटता तो पार्क में खेल रहे बच्चों को विदेशी चॉकलेट बांटता। यहां उन बच्चों पर खास ज़ोर रहता जिनकी बड़ी बहन हो। "एक खुद खाना और एक दीदी को

देना। ज़रूर देना।" मध्यमवर्ग के नौकरीपेशा लोगों की कॉलोनी में कैमरामैन का खासा रुतबा था। कॉलोनी का कचरा कभी दो-तीन दिन नहीं उठता तो कैमरामैन अपना फोन उठाता। काम हो जाता। गर्मियों की एक रात कैमरामैन आया तो कॉलोनी में घुप्प अंधेरा था। मदर डेयरी को दूध सप्लाई करने आए ट्रक ने बिजली के ट्रांसफॉर्मर को टक्कर मारी थी और लाइट गुल हो गई थी। कॉलोनी वाले दर्जनों फोन कर चुके थे। कैमरामैन ने अपनी कार से उतरते ही धड़ाधड़ फोन किए। बिजली विभाग से लेकर मुख्यमंत्री के प्रेस सलाहकार को। बीस मिनट में लाइट आ गई। कॉलोनी वालों ने भर-भर शुक्रिया कहा लेकिन किसी ने नहीं देखा कि कार में लड़की बैठी हुई थी जो इस शर्त पर आई थी कि एक घंटे में कैमरामैन उसे वापस होस्टल छोड़ देगा।

आदित्य ने एक दिन डरते-डरते कैमरामैन से बात की। उसने आदित्य को नोएडा के एक संस्थान में भिजवा दिया जहां उसने छह महीने कैमरा चलाना सीखा। इसी दौरान कैमरामैन ने आदित्य के घर आना-जाना शुरू कर दिया था। बहन पानी लेकर आती तो उसकी पढ़ाई के बारे में ज़रूर पूछता। आदित्य की मां को लगता कि कितना पारिवारिक पड़ोसी मिला है। एक दिन आदित्य ने सेक्टर 18 के शॉपिंग मॉल में बहन को उसी बंदे के साथ देख लिया। बहन की पिटाई हुई और कॉलेज छुड़वा देने की चेतावनी जारी कर दी गई।

मां ने रिश्तेदारों को नए सिरे से फोन कर लड़का देखने की बात शुरू कर दी। तीन दिन बाद आदित्य शाम को घर आया तो वही कैमरामैन सोफे पर बैठा था। सामने टेबल पर चाय-नमकीन के साथ मिठाई भी थी। आदित्य कुछ कहता उससे पहले ही उसने आदित्य को एक लिफाफा थमाते हुए नौकरी की मुबारकबाद दी। आदित्य को कुछ समझ नहीं आ रहा था। एक तरफ चैनल में नौकरी का लिफाफा और मां का बहुत दिनों बाद हंसता हुआ चेहरा था और दूसरी तरफ...

आदित्य का पहला शूट वैशाली के साथ ही लगा था। वह तपती जुलाई के दिन थे। इंडिया गेट से वह उस का लाइव करवा रहा था। अचानक उसकी नज़र दूर एक बेंच पर पड़ी। शक हुआ तो कैमरे से ज़ूम-इन करके देखा। बहन उसी कैमरामैन के साथ कुल्फी खा रही थी। आदित्य ने वापस वैशाली की तरफ कैमरा किया और फोकस ठीक करने लगा। वैशाली ने झीना सा कुर्ता पहना था और काली ब्रा का स्ट्रैप अलग से दिख रहा था। आदित्य ने वैशाली के कान में कहा। वैशाली ने आंखों ही आंखों में शुक्रिया अदा किया और लाइव खत्म होने पर कुल्फी ऑफर की। आदित्य की नज़र उसी बेंच पर पड़ी। खाली थी। कुल्फी खाते हुए वैशाली और आदित्य ने एक दूसरे के बारे में पूछा था। हां, उस दिन घर लौटने पर आदित्य ने घरवालों को कुल्फी का किस्सा नहीं बताया था।

कॉलेज के दिनों में आदित्य की दोस्ती साथ पढ़ने वाली अनु से

हो गई थी। अनु राजपूत थी। हिमाचल प्रदेश के हमीरपुर की। रहती दिल्ली में थी अपनी मां और बड़ी बहन रचना के साथ। एक बार पूरा परिवार हमीरपुर गया था। वहां रचना के साथ एक लड़के ने रेप किया। समाज की पंचायत बैठी जिसने रचना को ही रेप के लिए उकसाने का दोषी माना। रचना जींस और टॉप क्यों पहनती है...खेतों में क्यों घूमती है...घूमते हुए गाना क्यों गाती है...सिर पर चुन्नी क्यों नहीं रखती है। रचना के घरवालों ने विरोध किया तो लड़की की बदनामी का डर दिखाया गया। लेकिन रचना अड़ गई। भरी पंचायत में गरजी...दिल्ली की लड़की हूं। राजपूतनी हूं। दिल्ली में कानून की पढ़ाई कर रही हूं। पंचायत-वंचायत क्या होती है। कानून सज़ा देगा उसको। पंचायत में सन्नाटा छा गया। ऐसा पहली बार हुआ था। पंचों को अपनी नाक भी रखनी थी। बीच का रास्ता निकाला गया। रेप करने वाले लड़के और उसके पूरे परिवार ने भरी पंचायत में रचना और उसके परिवार से माफी मांगी, रचना के साथ लड़के की बिना दहेज शादी के लिए तैयार हुए और ज़िंदगी भर तलाक़ या दुख नहीं देने का वायदा करना पड़ा।

बड़ी मुश्किल से राजी हुई थी रचना। पहली बार पिता की याद आई थी। वह मां को छोड़कर अलग घर नहीं बसाते तो रचना को यूं इस तरह अपना घर बसाना नहीं पड़ता। शादी के दो महीने बाद ही रचना के पति की हत्या हो गई थी। आज तक यह पता नहीं चला

कि हत्या रचना के घरवालों ने की थी या लड़के के घरवालों ने या फिर पंचों ने। रचना दिमागी रूप से महीनों तक बीमार रही। आज भी वह पूरी तरह से ठीक नहीं है। मां ने खुद को बड़ी मुश्किल से संभाला था क्योंकि उन्हें दोनों बेटियों को संभालना था। दिल्ली जैसे दर्दीले शहर में गुज़ारा करना था।

आदित्य को जब अनु ने यह कहानी सुनाई थी तो उसकी आंखों में आंसू आ गए थे। दोनों एक दूसरे का हाथ पकड़ कर रो रहे थे। रोते-रोते ही अनु ने आदित्य को कहा था कि पिछले दिनों उसकी सगाई हो गई है और तीन महीने बाद शादी है। आंसू थामने की कोशिश कर रहे आदित्य की यह सुनकर तो रुलाई ही फूट पड़ी थी। वह अनु की मां से मिला तो वह बोली...बेटा, किसी इंजिनियरिंग कॉलेज में तुम्हारा हुआ नहीं। काम-धाम कुछ करते नहीं। बीए पास को वैसे भी कौन क्या नौकरी देगा। अनु को भले घर का कमाने घमाने वाला लड़का मिल रहा है। तुम अनु को प्यार करते हो। उसको खुश देखना चाहते हो तो खुशी उसकी उस लड़के से शादी में है। उसे शादी करने दो। मैं तुम्हारे हाथ जोड़ती हूं। इस दुखियारी को और दुख मत दो। अनु तुम्हें सब बता ही चुकी है।

आदित्य के पास अनु की मां के एक भी सवाल का जवाब नहीं था। वह सन्न बैठा था। उठने लगा तो अनु ने आदित्य को उसकी दी हुई किताब लौटा दी। पाश की कविताओं की किताब...बाहर

आकर आदित्य ने मैं अब विदा लेता हूं कविता के कुछ हिस्सों को बार बार पढ़ा।

प्यार करना और जीना उन्हें कभी न आएगा
जिन्हें ज़िंदगी ने बनिया बना दिया...
अब मैं विदा लेता हूं
तुम भूल जाना
मैंने तुम्हें किस तरह पलकों के भीतर पालकर जवान किया
कि मेरी नज़रों ने किया कुछ नहीं किया
तेरे नक्शों की धार बांधने में
कि मेरे चुंबनों ने कितना खूबसूरत बना दिया तुम्हारा चेहरा
कि मेरे आलिंगनों ने
तुम्हारा मोम जैसा शरीर कैसे सांचे में ढाला...
तुम यह सब कुछ भूल जाना मेरी दोस्त
सिवाए इसके
कि मुझे जीने की बहुच लोचा (लालसा) थी
कि मैं गले तक ज़िंदगी में डूबना चाहता था
मेरे भी हिस्से का जी लेना मेरी दोस्त
मेरे भी हिस्से का जी लेना...

आदित्य को कविता रटी हुई थी। वह उसे दोहराता हुआ रामलीला मैदान से गुज़र रहा था। वहां दलित नेता उदित राज की सभा हो रही

थी। अचानक आदित्य को लगा कि अगर वह दलित नहीं होता तो राजपूत अनु से उसकी शादी शायद हो जाती...

खैर, आदित्य ने रामलीला मैदान के बाहर ही कचरे के डिब्बे में किताब उछाल दी। उसी दिन वह अपने पड़ोसी कैमरामैन से मिला था और कैमरा सीखने की इच्छा ज़ाहिर की थी। आदित्य को उस दिन तसल्ली हुई जब कैमरामैन उसका जीजा हो गया। राजपूत कैमरामैन ने खुशी-खुशी आदित्य की दलित बहन से शादी कर ली थी। कहा था, वक्त के साथ चलने वाला असली राजपूत हूं। समाज की पंचायत-वंचायत की परवाह नहीं करता।

अलबत्ता, स्टूडियो में कैमरा संभालते हुए बहस महाबहस के दौरान जाति, खाप, लव जेहाद जैसे भारी-भरकम विषयों पर भारी-भरकम नेताओं, समाज के प्रतिनिधियों, महिला नेताओं, विशेषज्ञों को भारी-भरकम तकरीरें करते देखता-सुनता तो उसे हंसी भी आती और रोना भी। महिला अधिकारों की सब बातें करते, शादी-ब्याह में टूटते जाति बंधनों की ज़ोर-शोर से वकालत की जाती। वक्ता बताते कि कैसे वक्त के साथ खाप पंचायतें भी बदल रही हैं और कैसे महिलाएं अपने अधिकारों के लिए खुद आगे आ रही हैं। आदित्य को लगता कि वह बीच बहस स्टूडियो में कूद जाए, अपनी और अनु की कहानी सुनाए। सबसे पूछे कि अगर कोई दलित किसी सवर्ण से ब्याह कर लेगा तो समाज का क्या बिगड़ जाएगा।

छह महीने की नौकरी के बाद ही आदित्य समझ गया था कि छोटा पर्दा छलावा है। यहां झूठ, आडंबर, पाखंड, खुदगर्जी और दोमुंहेपन का बोलबाला है। छलावा है महाबहस, शब्दों की जादूगरी, एक दूसरे पर कुतर्कों के पंच मारने की चाल। नेता लाइव में कुछ बोलते और ब्रेक में कुछ।

अनु को भूलने के लिए आदित्य रात-दिन काम में लगा रहता। कभी किसी शूट के लिए मना नहीं करता। कभी कोई नखरा नहीं करता। रिपोर्टर को घर से पिकअप कर लेता। शूट के बाद घर ड्रॉप करता और फिर दफ्तर जाता। वहां रिपोर्टर की टेप इनजस्ट करवा देता। एसाइनमेंट की स्टोरी के बारे में लिखवा देता। यही वजह है थी कि महिला रिपोर्टरों को आदित्य बेहद पसंद था। नाइट ड्यूटी वाली रिपोर्टर घर पर या पीजी में ही होतीं, आदित्य से कहतीं कि कोई बड़ी खबर हो तो बुला लेना। आदित्य सर्दी की रातों में भी दूसरे रिपोर्टरों-कैमरामैनों के साथ विजय चौक पर बैठा रहता। रिपोर्टर पीजी या घर पर सोती रहती। कई बार तो पूरी क्राइम स्टोरी वह दूसरे चैनलों के रिपोर्टरों के साथ मिलकर शूट कर लेता और फिर अपनी रिपोर्टर से पूछता कि पीटीसी करनी हो तो गाड़ी भिजवा दूं क्या...

ऐसी ही एक सुबह आदित्य ने वैशाली को पीजी से पीटीसी करने अक्षरधाम बुलाया था। स्टोरी बड़ी थी। आदित्य को पता था कि बीसी वैशाली को पसंद नहीं करता है और इस बहाने वैशाली की

क्लास ले लेगा। गहरी नींद से जगी वैशाली सचमुच बहुत खूबसूरत लग रही थी। उसके बालों की एक लट चेहरे पर आवारागर्दी कर रही थी। आदित्य आमतौर पर उसे बाल ठीक करने का इशारा कर देता था। वैशाली पर्स से छोटा मिरर निकाल खुद को तैयार कर लेती और पूछती क्या मैं ठीक लग रही हूं, आदित्य।

उस दिन आदित्य को न जाने क्या सूझा। वह आगे बढ़ा और अपने हाथों से माथे पर आ रहे बालों को पीछे कर दिया। वापस कैमरे पर आया। एलसीडी पर देखा। वैशाली अजीब नजरों से उसे देख रही है। उसके चेहरे पर हैरत और संशय साफ दिख रहा था। वैशाली ने पीटीसी खत्म की। माइक बंद किया और बेहद ठंडे स्वर में बोली, "...तुम वहां से भी तो इशारा कर सकते थे। ज़रूरी था कि...जरा-सी बात क्या कर ली और तुमने लिबर्टी लेना शुरू कर दिया। यही तो...अब क्या कहूं मैं..."

आदित्य को लगा कि सामने अनु खड़ी है और कह रही है। तुम दलित हो, मैं राजपूत हूं। तुम्हारी हिम्मत कैसे हुई मुझसे शादी के बारे में सोचने की भी...तभी अनु वैशाली में तब्दील हो जाती है। तुम दलित हो। मैं जाट हूं। दूर रहो मुझसे।

पलक का लव जेहाद

पलक लव जेहाद पर स्पेशल करने सहारनपुर जा रही थी और सरजी से ज़रूरी इनपुट ले रही थी। दरअसल हिंदुत्ववादी संगठनों ने लव जेहाद की फैंटेसी को बड़े पैमाने पर उठाना शुरू कर दिया था। एक-दो किस्से पश्चिमी यूपी से सामने आए तो चैनलों ने भी टीआरपी के चक्कर में मंच दे दिया। देखते ही देखते सभी चैनलों पर लव जेहाद का मुद्दा बहुत बड़ा मुद्दा बन गया था। ऐसा लगा मानो देश भर के मुसलमान हिंदू नाम रखकर हिंदू लड़कियों को पटाने में लगे हैं।

जहां तक पलक की बात थी तो वह हमेशा प्यार के लिए तरसती ही रही थी। जल्दबाज़ी में और सरजी को चिढ़ाने के लिए की गई शादी का भी दर्दनाक अंजाम हुआ था। वह डूब कर सरजी को चाहती थी लेकिन उनको सिर्फ एक दोस्त दिखता था। बचपन में भी

न तो मां का प्यार मिला था और न ही बाप का। मां एक स्कूल में टीचर थी। हर बात पर खिल-खिल हंसती थी। शायद यही देखकर घरवालों ने नाम ही खुशी रख दिया था। हंसती तो गालों में गहरे डिंपल बन जाते थे। इन्हीं डिंपल पर आसक्त हो गए थे विनोद सेठ। इतिहास के संजीदा किस्म के शिक्षक। उसी स्कूल में जहां खुशी पढ़ाया करती थी। एक दिन विनोद सेठ ने खुशी के सामने शादी का प्रस्ताव रखा और खुशी ने भी खुशी खुशी हां कर दी। शुरू के दो साल सब कुछ ठीक ठाक चला। इसी दौरान पलक भी इस दुनिया में आई। लेकिन फिर खुशी की खुशी विनोद सेठ से देखी नहीं गई।

खुशी हंसती, हर किसी से हंसकर बात करती तो विनोद चिढ़ने लगते। कुढ़ने लगते। जो विनोद सेठ स्कूल में चुपचाप खामोश रहते थे वही घर आते ही अपनी मां की शै पर शैतान हो जाते। टीचर यूनियन के चुनाव में विनोद सेठ के विरोधी गुट की जीत पर खुशी ने विरोधी गुट को मुस्कराते हुए बधाई दी तो घर पर पहली बार विनोद सेठ ने खुशी पर हाथ उठाया। उसके बाद तो सिलसिला ही चल निकला। तब तक पलक चार साल की हो चुकी थी। मां-पिता लड़ते तो पलक रोने लगती। पिता अपने कमरे में चले जाते और मां पलक को गोद में उठा सामने के पार्क में ले जाती। यह सिलसिला लंबा चलना नहीं था। चला भी नहीं। एक शाम ऐसी ही एक लड़ाई के बाद खुशी ने नौकर के हाथों रसोई में पड़े अतिरिक्त गैस सिलेंडर

को उठवाया और ऊपर की मंज़िल पर पहुंचवा दिया। कपड़े समेटे और पलक को गोद में ले खुद भी ऊपर आ गई। विनोद सेठ और उनकी मां देखते ही रह गए। उस दिन के बाद खुशी कभी ग्राउंड फ्लोर पर नहीं गई। न ही विनोद सेठ कभी ऊपर आए।

अलबत्ता कुछ महीनों बाद एक अंकल ज़रूर घर आने लगे। वह पलक के लिए ढेरों चॉकलेट लाते। मां पलक को टीवी के आगे बिठा कर पोगो चैनल लगा देती। दोनों पीछे के कमरे में चले जाते। उसी समय नीचे पिता और दादी मां की ज़ोर-ज़ोर से आवाज़ें आनी शुरू हो जातीं। पलक डर जाती। कभी बालकनी पर जाकर नीचे की आवाज़ों को सुनने की कोशिश करती तो कभी मां के पास जाना चाहती। दरवाज़ा बंद मिलता। बंद दरवाज़े को खटखटाती तो कई बार मां झुंझलाती हुई निकलती और पलक को चांटा रसीद कर देती। इस बीच अंकल चुपचाप खिसक जाते। मां फिर घंटों पलक को गोद में बिठाकर रोती। बार-बार पलक से कहती कि आगे से अंकल कभी नहीं आएंगे। लेकिन दस-पंद्रह दिन बाद फिर वही अंकल, वही चॉकलेट, वही आवाज़ें, वही चांटा और वही कसमें।

पलक कुछ बड़ी हुई तो मां बाईजी को देर शाम तक रुकने को कहने लगी। पलक को फोन पर कहती कि स्कूल में ज़रूरी मीटिंग है। देर हो जाएगी। बाईजी के हाथ से खाना खा लेना और मनपसंद टीवी कार्यक्रम देखना। तब तक मम्मा आ जाएगी आइसक्रीम लेकर।

मां आती। पलक मां से लिपटती लेकिन उन्हीं अंकल की सिगरेट की तीखी गंध मिलती। मां के चेहरे पर, हाथों पर, गोद में। पलक बड़ी होती गई। मां के बाल पकने लगे। इस बीच पहले दादी मां की मौत हुई और फिर पिता एक दिन घर छोड़ कर चले गए। फिर कभी लौट कर नहीं आने के लिए। बहुत साल बाद एक लिफाफा ज़रूर आया था जिसमें पिता ने पूरी कोठी पलक के नाम करने की रजिस्ट्री भेजी थी।

अंकल ने आना बहुत कम कर दिया था। कभी मां बीमार होती तो हाल-चाल पूछने आते। पलक को अजीब नज़रों से घूरते। कपड़े भेदने वाली नज़रें। पलक तब एमबीए के आखिरी साल में थी। इन्हीं नज़रों से बचने के लिए पहला मौका मिलते ही पलक ने दिल्ली छोड़ दिया था। उस शहर में अंग्रेज़ी अखबार के विज्ञापन विभाग में काम करने के लिए चली गई थी, जहां सरजी रिपोर्टर हुआ करते थे। पलक ने कोठी की बरसाती में रह रहे दीपक को भी नहीं बताया था जो दिल्ली के एक कॉलेज में हिंदी साहित्य पढ़ाने लगा था।

सहारनपुर पहुंचते ही पलक की अगवानी चौड़े कंधे वाले एक लंबे से युवक ने की थी। उसने अपना नाम अजय बताया था। अजय अहलावत। स्टेज पर तैयारी आखिरी चरण में थी। हिंदू-मुस्लिम संगठनों के नेताओं, धार्मिक गुरुओं का आना शुरू हो गया था। स्टेज पर उन्हें पलक के साथ बैठना था और नीचे जनता को

होना था। इनके बीच लव जेहाद पर बहस होनी थी। सबसे गरम बहस। दो घंटे की लाइव बहस। पलक के लिए इस तरह की बहस सांस लेने जैसी ही थी। लेकिन पहली बार वह कुछ-कुछ घबरा रही थी। सरजी साथ होते तो सब कुछ संभाल लेते। ऐसा सोच ही रही थी कि चाय के साथ अजय अहलावत सामने खड़ा था। अपनी घबराहट छुपाने के लिए पलक मुस्कुराई और प्याला थाम लिया।

''पलकजी, लव जेहाद जैसी बहस से टीआरपी मिलेगी इसलिए आप यह सब कर रही हैं। लेकिन कभी यहां के गन्ना किसानों की समस्याओं पर भी चौपाल लगाने आइए। गन्ना बागपत-बड़ौत से लेकर मुज़फ़्फ़रनगर-मेरठ तक ऐसी नकदी फसल है जिसकी कमाई से बेटियों की शादियां होती हैं लेकिन किसानों के करोड़ों रुपए शुगर मिल मालिक दबाए बैठे हैं।'' पलक अजय की बातों को गौर से सुन रही थी। उसे बेटियों की शादियों वाला एंगल पसंद आया था लेकिन फिलहाल तो उसे लव जेहाद पर ही केंद्रित रहना था।

''कभी इस पर भी बात होगी अजयजी लेकिन प्लीज़ आज लव जेहाद के लिए तैयारी करने दीजिए,'' पलक ने कहा तो अजय ''माफ करिए'' कहते हुए वहां से चला गया।

बहस कुछ ज़्यादा ही गरम रही। एक बार तो बजरंग दल के कुलभूषण और मुस्लिम लीग के अंसार भाई के बीच लगा कि हाथापाई की नौबत आ जाएगी लेकिन पलक ने सब संभाल लिया।

अनुभव आखिर ऐसे ही मौकों पर काम आता है। पलक के पास शब्द थे, तर्क थे, जवाबों में से ही सवाल निकालने का हुनर था और डांट-डपट कर चुप कराने का कौशल भी। तैयारी वह हमेशा की तरह करके आई थी। सरजी ने कुछ ऐसे तर्क बता दिए थे जिससे हिंदू और मुस्लिम नेताओं के तर्कों की धार निकाली जा सकती थी। पलक जैसी एंकर अब कम होती जा रही हैं। नई पीढ़ी का ज़्यादा रुझान सजने-संवरने और ड्रेस पर ज़्यादा होता जा रहा है। इसमें उनकी भी गलती नहीं है। उन्हें लगता है कि जब खूबसूरती और स्क्रीन प्रेज़ेंस के लिए ही रखा गया है तो पढ़ने-लिखने और होम वर्क करने की ज़रूरत क्या है। पीसीआर वाला जो सवाल पूछने को कहेगा, पूछ लेंगे। बुलेटिन पूरा, काम खत्म। मेकअप उतारो घर जाओ।

दो घंटे तक लाइव बहस चली। बीच-बीच में ब्रेक के दौरान सरजी के ज़रूरी मैसेज पढ़ लेती जिसमें उससे चुटकी लेने को कहा जाता था। पलक को सरजी पर प्यार आता था। बेचारे घर में बैठकर न केवल पूरी बहस देख रहे हैं बल्कि बीच-बीच में ज़रूरी इनपुट भी दे रहे हैं। पहले घंटे में सिर्फ धार्मिक संगठनों के लोग थे और दूसरे घंटे में राजनीतिक पैनल था। कांग्रेस, बीजेपी, सपा, बसपा के नेता। इन्हें टैकल करना तो पलक के लिए बाएं हाथ का खेल था। पलक गंभीर बहस चाहती थी लेकिन दिल्ली से आउट पुट हैड संदेश

भिजवाता कि संपादकजी कुछ गरमी चाह रहे हैं। गरमी यानी मेहमान लड़ें...तीखी आवाज़ों में चिल्लाएं...दूसरों के बोलने के बीच बोलें, एक-दूसरे को उकसाएं। पलक के लिए तो यह काम और भी ज़्यादा आसान था।

बीच-बीच में पलक सामने भीड़ में बैठे अजय अहलावत को तलाशने लगती। फिर अपनी ही मूर्खता पर हंस देती। ब्रेक के समय एक बार अजय ने आकर चाय के लिए पूछा तो पलक ने कुछ रूखे शब्दों में स्टेज से उतरने को कहा था, ''यह हमारे दफ्तरवालों का काम है। आपका नहीं।''

''लेकिन इस शहर में आप हमारी महेमान हैं लिहाजा हमारा भी फर्ज़ बनता ही है।''

पलक ने महसूस किया था कि अजय अहलावत की बोली जाटों जैसी नहीं है। वह उर्दू शब्दों का ज़्यादा इस्तेमाल करता है। नुक्ते भी पूरे लगाता है। यहां तक कि मुस्लिम नेताओं का अभिवादन सलाम-सलाम करके कर रहा है। पलक को अजय जैसे लोग हर जगह मिल जाते थे। कोई फोन नंबर मांगता, कोई सेल्फी के बहाने चिपकने की कोशिश करता, कोई तारीफों के इतने लंबे-चौड़े पुल बांधता कि पलक को उबकाई आ जाती। इन सबसे बचने के लिए पलक जानबूझकर सिगरेट सुलगा लेतीं या जानबूझकर कैमरामैन या ड्राइवर को मां-बहन की गाली दे डालती। ऐसा पलक लोगों को

बिदकाने के लिए करती थी। पलक ने कुछ समय मुंबई में भी एक चैनल में बिताया था। सरजी और हरनील के प्यार के बारे में पलक को पता चला तो दिल्ली शहर से उसे नफ़रत हो गई थी। मुंबई में वह चैनल के गेस्ट हाउस में ठहरी हुई थी और घर तलाश रही थी। दफ्तर का एक सहकर्मी हर दूसरी रात उसे फोन करता और अपने घर के पास घर दिलाने की पेशकश करता।

"मेरे पास गाड़ी है। कहां लोकल में धक्के खाती फिरोगी। मेरे साथ ही ऑफिस चली आना।"

वह शादीशुदा था। दो बच्चों का बाप। पत्नी मोटी भैंस जैसी थी। एक रात तो हद ही हो गई। उसने सूचना दी कि पत्नी और दोनों बच्चे महीने भर के लिए मायके जा रहे हैं। पलक की गेस्ट हाउस में रुकने की मियाद पूरी हो रही है। तो क्यों न पलक उसके ही फ्लैट में शिफ्ट हो जाए। शानदार तीन कमरों का फ्लैट है...एक पलक का हो जाएगा...

पलक को बड़ा गुस्सा आया। उसने किस्सा तमाम करने की ठान ली।

"शराब पी रहे हो क्या?"

"हां।"

"बर्फ डालकर क्या?"

"हां, क्यों?"

"नेकर में कुछ ज़्यादा ही हलचल हो रही है क्या?"

"मतलब?"

"ऐसा कर साले, उसे भी बर्फ में डाल दे। वह भी सो जाएगा। तू भी सो जा और मुझे भी सोने दे। समझ गया ना या फिर से कहूं?"

सरजी को पलक ने किस्सा सुनाया तो ठहाका लगाया। ऐसा क्यों करती हो ...

"अरे, ऐसा नहीं करूं तो तुम साले मर्द जीने नहीं देंगे। हरामी सब से सब...हाथ में लिए घूमते हो..."

"अच्छा है मैं शराब नहीं पीता। कभी पीता भी हूं तो बर्फ डालकर नहीं पीता।" सरजी ने चुटकी ली थी।

वैसे इस घटना के दो दिन बाद ही मां के मरने की खबर आई तो पलक इस्तीफा देकर उसी दिन दिल्ली लौट आई थी।

पलक को पहली नज़र में अजय अहलावत कुछ अलग, कुछ हटकर नज़र आया था। तुरंत सरजी को फोन मिलाया। सरजी ने कामयाब शो के लिए बधाई दी। वापसी कब की है पूछा तो पलक ने कहा कि बस चल ही रही हूं। रात बारह बजे तक पहुंच जाऊंगी। सो मत जाना। तुम्हारे पास ही सीधे आ रही हूं। रात एक बजे पलक सरजी के यहां पहुंची तो दरवाज़ा खुला था। सरजी सो रहे थे। पलक ने जगाया। शैंपेन पी और ज़बरदस्ती पिलाई। फिर अजय अहलावत के बारे में बताया। व्हाट्सअप पर उसकी तस्वीर दिखाई और सरजी

के सीने से लग गई।

"क्या हुआ पलक। लव जेहाद करने गई और लव एट फस्ट साइट..."

"अब इस उम्र में फस्ट साइट कैसा मनोज। लेकिन जो कुछ हो रहा है वह क्या है कि कुछ-कुछ हो रहा है..."

पलक मनोज उर्फ सरजी के सीने से लग कर सो गई। सरजी उसकी जुल्फों में हाथ फेरते रहे। उन्हें पलक पर प्यार आ रहा था और आशंकित भी थे। वह जानते थे कि पलक हमेशा ही प्यार के लिए तरसती रही है। इस बार कोई धोखा न हो। पलक को कमरे में सुलाकर सरजी ड्राइंग रूम में आए उन्होंने अजय अहलावत का फेसबुक एकाउंट देखा तो चौंक पड़े।

जो गया पिट, हो गया हिट

आदित्य दफ्तर पहुंचा तो उसे रोहतक जाने को कहा गया। वहां खाप पंचायत ने जाट लड़की और उसके प्रेमी को मौत के घाट उतारने का फरमान जारी किया था। दबंग परिवार की लड़की ने पिछड़ी जाति के लड़के से कोर्ट मैरिज कर ली थी। खाप ने दोनों को जान से मारने का फरमान सुनाया तो पुलिस ने दोनों को किसी अज्ञात स्थान पर छुपा दिया।

आदित्य को बताया गया कि रिपोर्टर वैशाली है जिसे पीजी से पिक अप करना है। उसने बहाना बनाते हुए किसी और को भेजने को कहा। लेकिन उसे बताया गया कि वैशाली ने ही आदित्य का नाम सुझाया है। इस पर उसे हैरानी हुई। दरअसल उस दिन अक्षरधाम के बाहर आदित्य ने वैशाली के बालों को माथे से खुद हटाया था जिसपर वह उखड़ गई थी। अक्षरधाम से लौटते हुए दोनों

के बीच कोई बात नहीं हुई थी। दफ्तर पहुंचने पर आदित्य ने सॉरी कहा था लेकिन वैशाली ने कोई जवाब नहीं दिया था। उसके अगले एक हफ्ते तक वैशाली ने कोई शूट आदित्य के साथ नहीं लगाया था। इस बीच निर्भया रेप केस की सुनवाई साकेत के फास्ट ट्रैक कोर्ट में शुरू हो गई थी। वैशाली सुबह कोर्ट जाती, देर दोपहर दफ्तर लौटती, अपनी स्टोरी कटवाती और देर शाम पीजी पहुंच जाती। इस दौरान आदित्य से उसकी मुलाक़ात नहीं हुई थी।

उधर चैनल निर्भय केस से उकताने लगे थे। सभी मुकदमे से जुड़ी किसी चटपटी खबर का इंतज़ार करते थे। कोई सनसनीखेज़ खबर निकले, निर्भया के रेप के आरोपियों के वकील कोई ऐसी दलील अपने पक्ष में दें तो आज की कोर्ट की सुनवाई को बेचा जा सके। एक दो बार ऐसा हुआ भी। किसी वकील ने कह दिया कि उसकी बेटी के साथ अगर ऐसा हुआ होता तो वह उसको गोली मार देता। किसी ने दलील दी कि एक आरोपी रेप के समय बस में था ही नहीं। इस बीच एक आरोपी ने जेल में आत्महत्या कर ली। वैशाली को इन वकीलों के तर्क सुनकर गुस्सा आता था। उसे लगता था कि कोर्ट इतना टाइम क्यों लगा रहा है...जब सब साफ है कि किसने कैसे रेप किया और चलती बस से फैंका तो बार बार गवाही का मतलब क्या है...दो दिन में कोर्ट को फैसला सुना देना चाहिए।

वैशाली जैसी करीब दर्जन भर रिपोर्टर फास्ट ट्रैक कोर्ट के बाहर करीब-करीब एक कतार में खड़ी लाइव कर रही होती। सड़क पर गुज़रते लोग, वकील, उनके मुव्वकिल इन रिपोर्टरों को देखते, रुकते, कुछ टीका टिप्पणी करते, घूरते और आगे चल देते। वैशाली को लगता कि वह सब भी निर्भया होती जा रही हैं। आपस में चर्चा होती तो कोई कहती कि रेप करने वालों का काट कर इंडिया गेट पर लटका देना चाहिए। कोई कहती कि रेप तो रोज़ हमारी खबरों का होता है। पुरुष रिपोर्टर की तमाम गलतियां माफ और हमारी गलती माफी के लिए कैंटीन का चक्कर ज़रूरी। इन सब का मानना था कि निर्भया के हत्यारों के वकीलों की कोई बाइट किसी चैनल पर चलनी ही नहीं चाहिए। चैनलों को सुनवाई के दौरान कोई मसाला तलाशना बंद कर देना चाहिए। वैशाली याद करती कि अपने चैनल पर सबसे पहले उसने ही निर्भया की स्टोरी की थी। सरजी के कहने पर वह सुबह से रात तक जुटी रहती थी। कभी इंडिया गेट, कभी निर्भया के घर, कभी पुलिस मुख्यालय, कभी मोमबत्ती प्रदर्शन। वैशाली के काम की तारीफ भी होने लगी थी। इंडिया गेट पर जब दिल्ली पुलिस ने लाठी चार्ज किया तब भी वैशाली वहीं थी। उसके भी हाथ में लाठी लगी थी। खुद संपादकजी ने फोन करके हालचाल पूछा था।

लेकिन जब निर्भया को इलाज के लिए सिंगापुर ले जाया गया

तो ब्यूरो चीफ ने वैशाली के बजाए चैताली को भेज दिया था। चैताली स्टोरी भी कर लेगी और विदेश जाकर कुछ रिलैक्स भी हो जाएगी। बीसी ने वैशाली के सामने चैताली के कंधों पर हाथ रखते हुए कहा था और वैशाली का रोम-रोम सुलगने लगा था। दरअसल इस घटना के ठीक 24 घंटे पहले बीसी ने वैशाली को फोन किया था। रात के नौ बजे थे। दिन भर की थकी वैशाली अपनी पीजी में थी। नहाने के बाद खाना खाने बैठी ही थी कि फोन आया था। बीसी ने उसके काम की तारीफ की। वैशाली जी सर, थैंक्स सर, सो नाइस ऑफ यू सर कहती रही। इसके बाद बीसी ने वैशाली के काम में गलतियां गिनानी शुरू की। गलतियां मामूली थी और वैशाली को लगा कि यह बात सुबह भी की जा सकती है। उसने ओके सर, कल से ध्यान रखूंगी कह कर फोन बंद कर दिया। आधा घंटे बाद बीसी का मैसेज आया...एनी वे। गुड जॉब डन। यू डिज़र्व अ ट्रीट फ्रॉम माई साइड। वैशाली ने कोई जवाब नहीं दिया और सो गई। इसी का खामियाजा उसे उठाना पड़ा। वैशाली की जगह चैताली सिंगापुर चली गई।

कोर्ट के बाहर भी महिला रिपोर्टरों के दो गुट हो गए थे। एक गुट वैशाली जैसों का था जो निर्भया रेप केस को टर्निंग प्वाइंट बताता था। दूसरे गुट का कहना था कि रेप दिल्ली में हुआ, केजरीवाल ने हल्ला मचाया, बीजेपी ने झंडा उठाया और चैनलों को मसाला

मिल गया। नहीं तो निर्भया जैसे रेप रोज़ होते हैं कौन ध्यान देता है। एक ने कहा कि नरेला में छह साल की बच्ची के साथ रेप हुआ तो उसने अपने बीसी (गुस्से में इसका मतलब बहन... भी होता है) से कहा कि इस केस को निर्भया-टू कह कर उठाते हैं। बीसी हंसा...केजरीवाल का बयान आया क्या...बीजेपी ने इसे उठाया क्या...किरन बेदी ने टिप्पणी आई क्या...एबीपी न्यूज़ ने बड़ी बहस की क्या...आजतक ने हल्ला बोला क्या...सबसे बड़ी बात इंडिया गेट पर लोग इस केस को लेकर जुटे क्या...जब कुछ ऐसा हुआ नहीं तो समझ गई मतलब...

वैशाली यह सब देखती-सुनती और अंदर से टूटती। उसके अंदर की निर्भया की आवाज़ कमज़ोर होने लगती। ऐसे में उसका एक ही सहारा थे सरजी। लेकिन यही वह समय था जब सरजी ने महसूस किया था कि वैशाली उनके दिलोदिमाग पर हावी होती जा रही है और उससे दूरी बनाकर रखना ही ठीक है। उसी दौरान एक दिन सुबह सात बजे वैशाली बिना बताए सरजी के घर पहुंच गई थी और सरजी ने घर पर न होने का बहाना बताते हुए दरवाज़ा खोला था तो वहां वैशाली खड़ी मिली थी। अंदर आते ही वैशाली फट पड़ी थी।

"सरजी, एक आप ही तो हैं इस दरिंदगी भरी दिल्ली में...एक आप ही हैं जो बिना किसी स्वार्थ के मेरी मदद करते हैं...मेरा आपसे

क्या रिश्ता। उस दिन विजय चौक पर नहीं मिलती तो शायद ज़िंदगी भर मिलती भी नहीं। प्लीज़, मुझे इस तरह हाशिए पर मत छोड़ो। दफ्तर की राजनीति से लड़ना और उबरना सिखाया है आपने। फल में नुक्ता लगता है या नहीं। जहाज़ के पहले ज में नुक्ता लगता है या दूसरे ज में। प्याज़ खाया जाता है या खाई जाती है। यह बताया है आपने। न जाने कितने स्टोरी आइडिया दिए हैं आपने। न जाने कितनी पीटीसी लिखवाई है आपने। किसी और से मदद मांगने जाती तो बदले में न जाने क्या क्या मांग लेता। लेकिन आप तो मुझे नज़र भर देखते तक नहीं। याद है सरजी एक दिन गलती से मेरी शर्ट का ऊपर का बटन खुला रह गया था और आप नज़र फेर के बात करने लगे थे। मुझे अहसास हुआ तो मैंने वॉशरूम जाने के बहाने खुद को ठीक किया। ऐसा दिल्ली में कोई करता है क्या। लोग तो सोचते हैं कि साली शर्ट कब उतारेगी। मैंने आपका बहुत खून पीया है लेकिन प्लीज़ सरजी, मुझे अपने से दूर मत करो। दिल्ली खा जाएगी। दिल्ली बहुत घूरती है सरजी। लेकिन इसी दिल्ली में अगर इज़्ज़त से जी रही हूं तो इसकी वजह आप ही हैं। आपके पास आती हूं तो सारा तनाव दूर हो जाता है। बिल्कुल हल्की हो जाती हूं। मुझे पता है सरजी। मैं बच्ची नहीं हूं। आप मेरे जाने के बाद मुझमें हरनील को खोजते हैं। मैं हरनील हूं। हरनील आपके पास है। वैशाली गले लिपटकर बच्चों की तरह रोने लगी

थी और सरजी की समझ में नहीं आ रहा था कि उन्हें ऐसी सूरत में करना क्या चाहिए। उन्हें कुछ नहीं सूझा तो रुमाल पकड़ा दिया। वैशाली ने रुमाल लिया और हंसने लगी। फिर उसने कहा था:

''किसी आदमी को इतना भी सीधा नहीं होना चाहिए कि दूसरा शर्मिंदा हो जाए।''

***

दफ्तर की कार रोहतक की तरफ चली जा रही थी। वैशाली ने आदित्य की तरफ देखा जो फेसबुक में लगा हुआ था। तभी आदित्य के मोबाइल पर मैसेज चमका।

''सॉरी, वैशाली।''

आदित्य ने वैशाली की तरफ और कुछ बोलने को हुआ ही था कि वैशाली ने ड्राइवर की तरफ इशारा किया। अब वैशाली के मोबाइल पर मैसेज की बारी थी।

''माफी तो मुझे मांगनी चाहिए। उस दिन भी मांगी थी आज फिर मांगता हूं।''

वैशाली का जवाब था... ''लीव दिस टॉपिक।''

रोहतक पहुंचने में अभी चालीस मिनट का सफर बाकी था और तब तक दोनों के बीच करीब दस मैसेज हो चुके थे। दरअसल अक्षरधाम की घटना के बाद वैशाली ने सरजी को आदित्य के बारे में बताया था और उनका कहना था कि वैशाली ने कुछ ज़्यादा ही

ओवर रिएक्ट कर दिया है। आदित्य का इरादा गलत नहीं रहा होगा। वैशाली को भी बात में दम लगा था।

घटनास्थल पहुंचने पर हमेशा की तरह कैमरा स्टैंड उठाना चाहा तो आदित्य ने मना कर दिया। तुम सिर्फ माइक संभालों। अब से स्टैंड उठाने की भी ज़िम्मेदारी मेरी। वैशाली मुस्करा दी थी। ''यू नॉटी।'' इस बीच सरजी का भी संदेश आया। सरजी ने चेताया कि वह जाटों के गांव में जा रही है जहां पहले से तनाव है लिहाज़ा थोड़ी सावधानी बरते और भूलकर भी अपना पूरा नाम किसी को नहीं बताए।

''किसी को न पता चले कि तुम भी जाट हो और तुम्हारा गांव इस जगह से बहुत ज़्यादा दूर नहीं है। पीटीसी में अगर कोई विवादास्पद बात कहनी है तो उसे गांव के बाहर करे। भीड़ में नहीं।''

वैशाली गदगद थी। सरजी इतनी दूर बैठकर भी कैसे उसकी दिक्कतें समझ जाते हैं और कैसे छोटी-छोटी ज़रुtरी बातों का ध्यान रखते हैं।

अगले दो घंटों तक दोनों गांवों में घूमे। पूरे गांव के चप्पे-चप्पे पर पुलिस तैनात थी। मरघट जैसा सन्नाटा पसरा हुआ था। न तो लड़की के घरवालों ने बात की और न ही लड़के के घरवालों ने। गांव के लोगों से बात करने की कोशिश की तो कुछ लड़के अचानक

भड़क गए। एक ने कैमरे की ओर इशारा करते हुए आदित्य से कहा कि डिब्बा लेकर चले जा। नहीं तो डिब्बे को यहीं बिखेर देंगे। पुलिसवालों ने गोलमोल जवाब दिए। बड़ी मुश्किल से पता चला कि लड़के-लड़की को पुलिस ने चंडीगढ़ के पास मोहाली के एक गेस्ट हाउस में रखा हुआ है। दोनों की घरवालों से बात भी करा दी गई है और दोनों शादी करके बहुत खुश हैं। वैशाली के हाथ ब्रेकिंग न्यूज़ लगी थी जिसे उसने बीसी को बता दिया। दो अन्य चैनल भी वहां थे। वैशाली को थोड़ी हिम्मत बंधी। खाप का डर कितना तगड़ा होता है वैशाली को पहली बार अहसास हो रहा था। यूं तो अपने गांव में भी वह बचपन में खाप पंचायतों के सख्त फैसलों के बारे में सुनती आई थी लेकिन पहली बार नज़दीक से देख रही थी। कवर कर रही थी।

दोपहर के तीन बज रहे थे। वैशाली को तेज़ भूख लग रही थी लेकिन गांव में तो चाय की दुकान तक बंद थी। आदित्य समझ गया। उसने अपने बैग से टिफिन निकाला।

“रहने दो। न तुम्हारा हो पाएगा न मेरा।”

“चार रोटियां हैं। दो तुम्हारी। दो मेरी।”

“नहीं। छोड़ो...”

“अरे वैशाली, शूट में ऐसा ही चलता है। खा लो कुछ। नहीं तो सर दर्द करने लगेगा। लो...”

"मां ने भरवां करेले की सब्ज़ी बनाई है। चख कर देखो।"

भरवां करेले का नाम लेते ही वैशाली ने अपना बढ़ा हुआ हाथ खींचा और उठ खड़ी हुई।

"सचमुच आदित्य मुझे भूख नहीं है। मेरा मन नहीं कर रहा है।"

"ऐसा क्या हो गया अचानक..."

"प्लीज़, आदित्य। लीव मी अलोन। मुझे इस खाप वाप से नफ़रत है। लड़की क्या खुद की ज़िंदगी अपने हिसाब से नहीं जी सकती।"

आदित्य की समझ में कुछ नहीं आ रहा था कि भरवां करेले का नाम सुनते ही अच्छी भली वैशाली को क्या हो गया। वैशाली उस पंडाल को देख रही थी जिसके नीचे जाटों ने धीरे-धीरे जुटना शुरू कर दिया था। चौबीस गांवों की खाप बैठ रही थी। देखते ही देखते चार ओबी वैन वहां लग चुकी थी। वैशाली की टीम के पास लाइव यू था जिससे सिग्नल तो बहुत अच्छे नहीं आ रहे थे और आदित्य उसे ठीक करने में जुटा था। यह एक संयोग ही था कि वैशाली समेत तीन महिला रिपोर्टर वहां थीं। ज़ाहिर है कि निर्भया के बाद चैनलों में महिला रिपोर्टरों की बीट को जगह मिलने लगी थी।

ओबी वैन वाले चैनलों ने लाइव-लाइव खेलना शुरू कर दिया था। बच्चे आसपास जुटने लगे थे। महिलाएं छतों पर टंगी थीं और सामने के मैदान में मर्द बैठे थे। एक अंग्रेज़ी चैनल का संपादक खुद

स्टूडियो में बैठ गया था और एक जाट नेता से लाइव बात कर रहा था। दोनों में गरमागरमी हो गई। जाट नेता ने इतनी तेज़ी से बोलना शुरू किया कि लड़के उसके आसपास आ खड़े हुए। वैशाली भी लाइव के लिए खड़ी थी लेकिन सिग्नल मिलने में परेशानी हो रही थी। उसे लग रहा था कि कुछ गड़बड़ होने वाली है लेकिन आदित्य दिलासा दिला रहा था। उधर दिल्ली में उस अंग्रेज़ी चैनल को सरजी देख रहे थे। उन्होंने कई बार वैशाली को फोन मिलाया लेकिन भीड़ के शोर में घंटी सुन नहीं पाई। वैसे भी बीसी उस पर बरस रहा था कि उसने ओबी वैन की मांग क्यों नहीं की। बीसी चीख रहा था कि सारी टीआरपी ओबी वाले चैनल खा जाएंगे। हमारे हाथ क्या आएगा घंटा। ओबी देना न देना ब्यूरो चीफ तय करता है लेकिन चैनलों में अपनी गलती मानने का तो रिवाज़ ही नहीं है। एक दूसरे पर टोपी ट्रांसफर करो और खुद की नौकरी बचाओ। वैशाली ने बीसी को फोन पर ही सुना डाला और वापस आते ही इस्तीफा देने की धमकी भी दे दी।

तभी भीड़ में से किसी ने लाइव कर रही एक रिपोर्टर पर पत्थर उछाला। नज़दीक खड़ी वैशाली को यह नागवार गुज़रा। यह एक संयोग ही था उसी समय उनका लाइव यू भी थ्रू हो गया यानी सिगनल अच्छे ढंग से जाने लगे। वैशाली हरियाणवी भाषा में भीड़ पर बरस गई। पहले उसने चुप कराना चाहा

नहीं माने तो ज़ोर से गरजी।

"अरे यह छोरी तो खुद जाट है। जाट होकर अपनी बिरादरी को बदनाम कर रही है। यही लेकर आई होगी इन छतरी वाली गाड़ियों को। नहीं तो पहले भी इतनी खाप बैठी पर एक न आया दिल्ली से।"

अब सबके निशाने पर थी वैशाली मल्लिक। उसका खुद का गांव इस गांव से पचास किलोमीटर की दूरी पर रहा होगा। पास खड़ी पुलिस कब तक तमाशा देखती। एसपी समझ गए कि मीडिया पर हमला हुआ तो नौकरी से निलंबन तय है। उन्होंने लाठी भांजने को कहा। भगदड़-सी मची। वैशाली नीचे गिर पड़ी। उसपर गांववालों ने डंडे बरसाए तो आदित्य ने वैशाली के ऊपर आ उसे ढक लिया। सारे वार अपनी पीठ पर झेले।

सरजी नोएडा के कैलाश अस्पताल पहुंचे तो वैशाली के चैनल के एडीटर सहित जान-पहचान के कई चेहरे बाहर ही दिख गए। वैशाली से मिलने का इरादा त्यागा। वहीं से फोन कर अस्पताल के पीआरओ से हाल पूछा और लौट आए। तीसरे दिन सुबह वैशाली को अस्पताल से छुट्टी मिली और वह सीधे जा पहुंची सरजी के यहां। बाई ने दरवाज़ा खोला।

"अरे बिटिया, बहुत दिनों बाद नज़र आई।"

"क्या करें बाईजी, आपके साहब को हमारा यहां आना

पसंद ही नहीं।''

''ऐसी तो कोई बात नहीं। तीन दिनों से आपकी ही चिंता कर रहे हैं।''

''कैसे?''

''जब भी आती हूं तुम्हारा ही चैनल चल रहा होता है। तुम्हारी फोटो आते ही साहब टीवी के आगे आकर खड़े हो जाते हैं। एक दिन उस समय मैंने पूछ लिया कि क्या सब्ज़ी बनेगी तो ज़ोर से डांट दिया।''

''अच्छा।''

वैशाली को लगा कि सरजी सिर्फ उसकी चिंता नहीं करते लेकिन मन ही मन प्यार भी करते हैं। कहते कुछ नहीं, गलत अंदाज़ नज़रों से देखते भी नहीं लेकिन मन ही मन...

वैशाली सोच ही रही थी कि सरजी का अंदर आना हुआ। उन्होंने वैशाली का हाथ पकड़ा और कोहनी को हल्के से दबाया। वैशाली को दर्द महसूस नहीं हुआ तो सरजी को तसल्ली हुई। चैनल पर तो यही चल रहा था कि लाठी वार से वैशाली की कोहनी को ज़बरदस्त चोट लगी है और डॉक्टर फ्रैक्चर की आशंका जता रहे हैं।

''बधाई, आजकल तो छाई हुई हो। जब चैनल देखो वैशाली ही वैशाली दिखती है। वैशाली नहीं, वैशाली मल्लिक। एक बहादुर जाट लड़की।''

दरअसल वैशाली के चैनल ने उस लाठीचार्ज और अपनी कैमराटीम की पिटाई को जमकर भुनाया था। हमारी संवाददाता वैशाली मल्लिक ने अपनी जान पर खेलकर अन्य टीवी चैनलों की रिपोर्टरों की जान बचाई। चाहती तो खुद को जाट बताने से बच सकती थी लेकिन बहादुर रिपोर्टर ने खुद को जाट बताते हुए अपनी ही बिरादरी से एक तरह से दुश्मनी मोल ली।

बीसी तक ने वैशाली को फोन करके बधाई दी थी। ओबी वैन नहीं भेजने की गलती स्वीकार करते हुए इस्तीफे पर ज़ोर नहीं देने को कहा था।

''वैशाली तुमने तो गज़ब दिमाग से काम किया। ठेठ हरियाणवी भाषा में जो खरी खोटी सुनाई कि मज़ा ही आ गया। सारी टीआरपी लूट ली। दूसरे चैनलों ने भी हमें लाइव काटा। इसे कहते हैं प्रेजेंस ऑफ माइंड। एक सफल टीवी चैनल रिपोर्टर की पहचान। तुम्हारा प्रोमोशन और दो स्पेशल इन्क्रीमेंट। कैमरामैन के भी।

सरजी बोले... ''जो गया पिट, हो गया हिट।''

वैशाली ने उलाहना दी। ''तीन दिन अस्पताल में आपका इंतज़ार करती रही। आपकी तरफ से भेजे फूल आए आप नहीं। मैसेज तक नहीं किया।''

सरजी क्या कहते। मैसेज करना भी चाहते थे लेकिन फिर लगा कि घरवालों ने गलत मलतब निकाल लिया तो कौन समझाता

फिरेगा सब को।

"डरते हैं सरजी। डरते हैं आप।"

"हां डरता हूं। अपने लिए नहीं। तुम्हारे लिए डरता हूं। तुम्हारी बदनामी न हो। तुम पर कोई अंगुली न उठाए...। मुझे लेकर तुम पर कोई अंट-शंट कमेंट न करे। इस डर से डरता हूं। इसलिए चुप भी रहता हूं

"समझती हूं सरजी। सब कुछ समझती हूं। अपनी मर्ज़ी से कोई भरवां करेले नहीं खाता।"

"यह करेले की क्या कहानी है?"

"एक दिन बताऊंगी सरजी। सब कुछ बताऊंगी।"

उर्दू बोलने वाला जाट

पलक को अजय अहलावत ने पहले उसके लाइव शो की तस्वीरें भेजीं और फिर मिलने का अनुरोध किया। पलक ने उसे अपने चैनल के पास के एक रेस्तरां में बुलाया और सरजी को भी वहां पहुंचने को कहा। सबसे पहले पलक पहुंची। उसने शीशे के पार से अजय को आते हुए देखा। लंबा, चौड़े कंधे वाला। पलक को लगा कि अगर वह उसे किस करेगा तो किस तरह करेगा। उसे कितना झुकना पड़ेगा। छोटे कद की पलक को कितना उचकना पड़ेगा। पलक कल्पनामात्र से ही रोमांचित हो उठी थी।

दरअसल पलक ने बचपन में ही अपने घर पर मम्मी-पापा के झगड़े देखे थे। किस कदर तनाव पसरा रहता था घर पर। अंकल के आने के बाद तो गाली-गलौज से लेकर मारपीट तक की नौबत आ जाती थी। पलक ने फिर सरजी का भी हाल देखा था। पलक के

देखते-देखते ही सरजी और हरनील का प्यार नफ़रत, कटुता, संशय और एक तरह से दुश्मनी में बदल गया था। कैसे सरजी टुकी के लिए कितना कुछ खरीदकर ले जाते थे। दरवाज़े के बाहर घंटों खड़े रहते थे। कभी-कभी खिड़की से ही टुकी को दिखा कर दफा कर दिया जाता था। सरजी दरवाज़े पर ही सारे गिफ्ट रख कर रुआंसे से लौटते और फिर पलक की गोद में सर रख रोते। हरनील को मां बहन की बेशुमार गालियां देते जिसे वह कभी दिल की गहराइयों से प्यार किया करते थे।

पलक को रिश्तों के दरकने से बहुत डर लगता था। पलक की पहली शादी का भी ऐसा ही क्रूर अंत हुआ था। पलक की कोठी की बरसाती में शर्मा आंटी रहा करती थीं। उनका एक बेटा था जो पलक से सात आठ साल बढ़ा होगा। जब भी कभी पलक सर्दियों के समय बरसाती के टेरेस पर धूप सेंकने या बाल सुखाने जाती तो शर्मा आंटी पलक को बहुत प्यार करती। बहुत कुछ खाने को भी देती। कहानियां सुनाती। ऐसा प्यार तो पलक को मां से भी नहीं मिलता था। खासतौर से जब घर में अंकल आते तो पलक का मन शर्मा आंटी के पास जाने को मचलता। इन्हीं शर्मा आंटी के बेटे दीपक से पलक की दोस्ती हो गई थी। वह स्केच पेन और कागज़ लाकर देता। पलक धूप में बैठकर स्केच बनाती। कुदरत की खूबसूरती के...नदी किनारे बने घर के...पहाड़ों के पीछ से हौले से निकलते सूरज के...समुंदर

में एक अकेली नाव और उसपर बैठा मछुआरा...समुंदर किनारे की रेत पर घूमती एक अकेली लड़की के पांव...पलक एक बार मां के साथ गोवा गई थी और वहां के सारे नज़ारों को आंखों में कैद कर दिल्ली की डिफेंस कॉलोनी ले आई थी। बहुत बाद में पलक ने सरजी और टुकी का भी स्केच बनाया था जिसे सरजी ने अपने ड्राइंग रूम की दीवार पर टांग रखा था। उसने दीपक के तो कई स्केच बनाए थे। हर बार दीपक ट्रीट देने की बात करता था और फिर दोनों भूल जाते थे।

पलक सरजी के शहर नौकरी करने चली गई थी। दीपक पहले ही गुप्ता कॉलेज में हिंदी पढ़ाने लगा था। पलक लौटकर आई तो शर्मा आंटी बरसाती खाली कर चुकी थी। दीपक ने कॉलेज के पास ही घर ले लिया था। यह वह समय था जब सरजी और हरनील में प्यार पनप रहा था। एक दिन हिंदी दिवस पर चैनल ने खास शो रखा जिसे एंकर पलक कर रही थी और उसमें युवा लेक्चरर दीपक शर्मा भी थे। दीपक ने अपने तर्कों से साहित्य के बड़े-बड़े मठाधीशों को धराशायी कर दिया था। उसका कहना था कि हिंदी के लेखक ही हिंदी के दुश्मन हैं। पलक को उसका उग्र अंदाज़ अच्छा लगा था।

सरजी से दूर भागने की फिराक में पलक दीपक की तरफ खिंचने लगी। अचानक ही एक दिन पलक ने दीपक के सामने शादी का प्रस्ताव रख दिया। उस रात के बाद जब पलक और सरजी का

हरनील को लेकर झगड़ा हुआ था और पलक ने सरजी को रातोरात ही बरसाती से बेदखल कर दिया था। शादी इतनी जल्दी हुई कि दोनों हनीमून की प्लानिंग ही नहीं कर सके। तय हुआ कि महीने भर बाद कॉलेज की छुट्टियां होने पर गोवा जाया जाएगा। दीपक वहां जाकर पलक की आंखों से उन कुदरती नज़ारों को देखना चाहता था जिसे वह स्केचों में देख चुका था। तय यह भी हुआ कि समुंदर किनारे पलक कैनवास पर लकीरें उकेरेगी और दीपक कविताएं लिखेगा।

पलक उस रोमांटिक कल्पना के रोमांच से भरी एक दिन एंकरिंग कर रही था कि पीसीआर से कमांड मिली। ब्रेकिंग न्यूज़ है। दिल्ली में एक नामालूम शख्स को गोली मारी गई है। पलक सहज रूप से क्राइम रिपोर्टर का फोनो करने लगी। वह बताने लगा कि जेएनयू के करीब साउथ दिल्ली में एक युवक को गोली मारी गई है। युवक की उम्र 26-27 साल बताई जा रही है। वहां मौजूद लोगों का कहना है कि युवक मोटरसाइकिल से जा रहा था और किसी ने हाथ देकर उसे रोका और पता पूछा। उसके बाद नज़दीक से गोली मार कर पीछे आ रही एक गाड़ी में बैठकर फरार हो गया।

पलक ने रिपोर्टर का शुक्रिया अदा किया और अगले बुलेटिन में और ज़्यादा जानकारी के साथ आने का वादा कर ब्रेक लिया। उसने मोबाइल देखा। दीपक का मैसेज था। लिखा था कि शाम को रवि

के यहां चलना है। वहां पलक के पसंदीदा कवि भी आ रहे हैं। छोटी-मोटी गोष्ठी, फिर पीना-पिलाना और घर वापसी। पलक ने अगला बुलेटिन शुरू होने के साथ ही दीपक को ओके का मैसेज भेजा एक स्माइली के साथ। फिर उसी युवक की हत्या की खबर के साथ बुलेटिन खुलना था। इस बार रिपोर्टर संजय खुद लाइव था।

पलक- ''बुलेटिन की शुरुआत करते हैं दिल्ली में दिनदहाड़े हुई एक युवक की हत्या से...हां तो संजय और क्या जानकारी मिली है इस हत्या के बारे में?''

संजय- ''पुलिस का कहना है कि युवक की उम्र 26-27 की है। पुलिस को उसकी जेब से उसका आई कार्ड मिला है। युवक का नाम दीपक शर्मा बताया जा रहा है। वह किसी कॉलेज में लेक्चरर था।

पलक के दिल की धड़कन तेज़ हो गई। ''क्या नाम बताया युवक का...किस कॉलेज में पढ़ाता था...''

''पलक जैसा कि मैंने पहले भी बताया कि युवक के जेब से आई कार्ड मिला है। जिसमें उसका नाम दीपक शर्मा है और कार्ड गुप्ता कॉलेज की तरफ से जारी किया गया है।''

''क्या नीली शर्ट और भूरी पैंट पहन रखी थी उसने?''

''यह तो पता नहीं।''

''क्या मोटे फ्रेम का काले रंग का चश्मा पहने था दीपक?''

''यह भी नहीं पता। मैं पुलिस से पूछता हूं।''

"कुछ तो पता नहीं और चले हैं क्राइम रिपोर्टर बनने। कोई पुलिसवाला पास में हो तो प्लीज़ उसका लाइव करवा दो संजय (पीसीआर वाला पलक के कान में चिल्लाए जा रहा था- "यह क्या पूछ रही हो पलक? पागल हो गई हो क्या...तुम्हें कैसे पता नीली शर्ट पहन रखी है?" लेकिन पलक ने कुछ सुना ही नहीं।)

संजय ने पास खड़े एक पुलिस अधिकारी को पास आने का इशारा किया।

"पलक, हमारे साथ जांच अधिकारी खुद हैं। आप चाहें तो..."

"इंस्पेक्टर साहब क्या दीपक ने नीली शर्ट पहन रखी है।"

"इंस्पेक्टर...जी हां मैडम नीली शर्ट और भूरी पैंट। उसकी जेब से आई कार्ड मिला है। यह तस्वीर है उसकी...क्या आप शिनाख्त कर सकती हैं?"

"संजय, प्लीज़ कैमरामैन से कहो कि तस्वीर दिखाए...ज़ूम इन करे। इंस्पेक्टर साहब आप तस्वीर कैमरे की तरफ कीजिए प्लीज़।" कैमरे ने तस्वीर पर ज़ूम किया। पलक ज़ोर से चिल्लाई- "दीपक!"

पैनल प्रोडयूसर ने फौरन ब्रेक ले लिया।

***

अजय अहलावत एक मोबाइल फोन कंपनी में ठीक-ठाक पद पर था। उसके पास पश्चिमी यूपी की ज़िम्मेदारी थी। इसी सिलसिले में मेरठ, सहारनपुर, मुज़फ़्फरनगर, शामली, बिजनौर में उसके दौरे होते

रहते थे। ऐसे ही एक दौरे के समय अजय सहारनपुर में था जहां पलक अपने लव जेहाद के विशेष शो के लिए आई थी। दिल्ली में अजय ज़ाकिर नगर इलाके में रहता था। वहां उसके चाचा का तीन मंज़िला घर था। उसकी पैदाइश देवबंद की थी। मुसलमानों की बस्ती में सिर्फ एक घर हिंदुओं का था। अजय के पिता पंजाब नेशनल बैंक में थे और बिना रिश्वत लिए कर्ज़ स्वीकृत कर दिया करते थे। लिहाजा उनकी भारी इज़्ज़त थी। एक बार पिता का तबादला हुआ तो पूरा देवबंद ही सड़कों पर आ गया था। जब भी किसी किस्म का सांप्रदायिक तनाव होता तो मोहल्ले के मुस्लिम अजय का घर घेर लिया करते थे। उन्हें लगता था कि इस घर को सुरक्षित रखने की ज़िम्मेदारी उनकी अपनी है। अजय की बचपन में पढ़ाई मदरसे में हुई थी। इसलिए उसका उच्चारण साफ था और उर्दू शब्दों का इस्तेमाल वह ज़्यादा करता था। उर्दू शायरी का शौक पालने के बाद तो उर्दू से दोस्ती और ज़्यादा बढ़ गई थी।

पलक ने कहा था, अजय तो जाट लगता ही नहीं। भाषा में इतनी मिठास जैसे मुज़्ज़फनगर का गन्ना हो। दोनों हंस ही रहे थे कि सरजी की एन्ट्री हुई थी। सरजी टी शर्ट और शाट्र्स में थे। वह सेहत का बहुत ध्यान रखते थे। इसके पीछे भी मकसद था। उन्हें लगता था कि हरनील कुछ सालों बाद नए पति से भी झगड़ा करेगी और बेटी टुकी को इसका खामियाज़ा उठाना पड़ेगा। तब बेटी के साथ खड़ा

होना चाहते थे सरजी। लंबा समय टुकी के साथ गुज़ारना चाहते थे सरजी। पलक सरजी की इस कल्पना पर कायल थी। चार कमरों के बड़े से फ्लैट में रहते थे सरजी। यह फ्लैट हरनील के पिता ने हरनील को दहेज में दिया था। हरनील ने एकमात्र अहसान सरजी पर इस फ्लैट को खाली नहीं करवा के किया था। अलबत्ता सरजी तीस हज़ार रुपए हर महीने हरनील के बैंक खाते में जमा करवा दिया करते थे। हरनील ने कभी एतराज भी नहीं किया था।

सरजी को लगता था कि यह पैसा एक बाप अपनी बेटी की परवरिश के लिए भेज रहा है। वैसे यह बात भी सच है कि सरजी इसी फ्लैट की बदौलत अपने उसूलों को कायम रखे हुए थे। बेबाक बोलते, किसी से डरते नहीं, गलत बात किसी की सुनते नहीं और अपनी सही बात नहीं माने जाने पर इस्तीफा देने से भी हिचकते नहीं। उन्होंने हिसाब लगा रखा था कि अगर नौकरी चली गई और नई नौकरी लंबे समय तक नहीं मिली तो भी फ्लैट के तीन कमरे किराए पर चढ़ा कर इतना पैसा महीने में आ सकता है जिससे खुद का गुज़ारा भी हो जाए और टुकी को कुछ पैसा भेजा भी जा सके। वैसे फेसबुक से लेकर ट्विटर तक, सरजी के दुश्मनों की संख्या बहुत थी। लेकिन सरजी बेपरवाह थे।

अजय ने खड़े होकर बड़े ही अदब से सरजी का अभिवादन किया और कहा कि आज से पलक के सरजी उसके लिए भी सरजी

हुए। सरजी मुस्कुराए और अजय को ऊपर से नीचे तक देखा। अजय को यह मुआयना बहुत पसंद नहीं आया। वह गन्ना किसानों की समस्याओं पर बात कर रहा था। किसान भुखमरी की कगार पर हैं लेकिन हम जाटों की कद-काठी ही ऐसी होती है कि दो दिन का भूखा जाट ऐसा दिखता है जैसे करीम के यहां से चिकन और कीमा-कलेजी खा कर आ रहा हो। हमारे यहां एक जाट को चार दलितों ने पकड़ कर पीट दिया। बहन मायावती की सरकार थी। जाट रिपोर्ट दर्ज कराने पुलिस स्टेशन गया तो थानेदार ने उसे हड़का दिया- "अरे, छह फुटे जाट को पांच फुटे दलित कैसे पीट सकते हैं? ज़रूर तूने ही उन्हें पीटा होगा।" यह कहते हुए उल्टे जाट के खिलाफ ही एफआईआर दर्ज करने की धमकी दे डाली।

विदा लेते-लेते सरजी ने अजय से फेसबुक पर मुस्लिम दोस्तों की संख्या ज़्यादा होने की बात की थी। अजय कुछ बोलता इससे पहले ही पलक ने कहा– "अरे तुम देर से आए इसलिए सुन नहीं पाए। देवबंद में अजय का एकमात्र हिंदू घर था मुस्लिमों के बीच। तो ज़्यादा दोस्त मुस्लिम होने लाजमी ही हैं।"

"अब तुम घर छोड़ोगे या ऑफिस जाकर ड्रॉप लूं और गाड़ी में हरियाणवी ड्राइवर और गार्ड की निर्भया रेप केस पर कोई नई थ्योरी सुनूं?" सरजी ने दरवाज़ा खोलकर बैठने का इशारा किया।

कार डीएनडी पर थी।

"कैसा लगा अजय?" पलक ने पूछा।

"ठीक है। पहली मुलाक़ात में सब अच्छे ही लगते हैं।"

"मतलब?"

"उसके ऑफिस का पता, लैंड लाइन नंबर देना। मैं नहीं चाहता कि कोई धोखा हो।"

"तुम चाहो तो हर तरह के धोखे से मुझे बचा सकते हो।"

"कैसे?"

"मुझसे शादी करके। यह दूल्हा तो आखिर दस सालों से परखा-परखाया है।" पलक ने सरजी के गाल पर चुटकी ली।

"तो फिर अजय का क्या होगा?"

"उससे सर्पदोष दूर करवा लूंगी।"

सरजी ने पलक की तरफ देखा और दोनों ने ठहाका लगाया।

"मनोज, बहुत दिन हुए सर्पदोष मुक्त की कहानी सुने। आज हो जाए। मैं फिश बनवा कर रखूंगी।" पलक जानती थी सरजी की कमज़ोरी।

सेल्फी और वैशाली

वैशाली और आदित्य नोएडा अट्टा मार्केट में वैशाली की सहेली गुंजन और उसके मंगेतर के साथ बैठे काफी पी रहे थे। कॉलेज के लड़कों-लड़कियों का एक ग्रुप धड़धड़ाते हुए अंदर दाखिल हुआ। बराबर की टेबल पर ग्रुप जम गया। उनमें से दो लड़कियों ने वैशाली की तरफ पहचानने के अंदाज़ में देखा। दोनों फुसफुसाईं और सारा ग्रुप वैशाली की तरफ देखने लगा। वैशाली ने उन्हें देखते हुए देख लिया और सकुचा गई। दो लड़कियां वैशाली की तरफ आईं।

"आप वैशाली है न? वैशाली मल्लिक। वाह उस दिन तो मज़ा ही आ गया। किस तरह आपने उन लड़कों की वाट लगाई और अपने साथियों की जान बचाई थी। प्लीज़ आपके साथ सेल्फी ले सकते हैं क्या। प्लीज़!"

वैशाली उठी और बारी-बारी सबके साथ सेल्फी का दौर शुरू हो

गया। उसकी नज़र आदित्य पर पड़ी जो अपने मोबाइल से तस्वीरें ले रहा था। आसपास की टेबलों पर बैठे लोग गौर से देखने लगे कि आखिर हो क्या रहा है। वैशाली शरमा रही थी। पहली बार उसे इस तरह सार्वजनिक जगह पहचाना गया था। वैशाली ने आदित्य को भी बुला लिया और उसका परिचय करवाया कि उस दिन सारी लाठियां उसने ही झेली थीं। ग्रुप ने वैशाली और आदित्य की एक साथ तस्वीरें लीं। वैशाली को क्या पता था कि यही तस्वीरें एक दिन सोशल मीडिया के माध्यम से उसके गांव तक पहुंच जाएंगी और कयामत ला देंगी।

एक बार वह मॉल में घूम रही थी और वहां सरजी दिख गए थे। उसने देखा था कि किस तरह लोग सरजी को घेर लेते थे और हमेशा धीर गंभीर रहने वाले सरजी किस तरह मुस्कराते हुए सेल्फी खिंचवाते थे। एक बार तो एक आदमी ने अपने बच्चे और पत्नी के साथ सेल्फी ली। उसके बाद सरजी से बोला कि वह वही है जो सोशल मीडिया पर उनको गालियां देता है। सरजी ने उसके बच्चे को प्यार से पुचकारा और उसका दिल जीत लिया।

कुल मिलाकर वैशाली के अच्छे दिन थे। उसकी पहचान बन रही थी। वह सीनियर रिपोर्टर बना दी गई थी। बीसी ने तंग करना लगभग बंद कर दिया था। सबसे बड़ी खबर तो यही थी कि निर्भया केस पर रिपोर्टिंग के लिए वैशाली को एक प्रतिष्ठित अवार्ड मिला था और

चैनल ने हेड लाइंस में वैशाली को अवार्ड लेते दिन भर दिखाया था।

उसी रेस्तरां के एक नीम अंधेरे कोने में पलक भी अजय के साथ बैठी और सारा तमाश देख रही थी। उसने अजय को वैशाली और सरजी के बारे में बताया था। पलक को वैशाली के चेहरे पर पहचाने जाने की खुशी देखकर अच्छा लग रहा था। ऐसे मौके टीवी न्यूज़ चैनल के यंग रिपोर्टरों में नया उत्साह भर देते हैं। अजय का कहना था कि निर्भया रेप केस के बाद महिलाओं को लेकर आम जनता का रवैया बदला है। पलक जैसे ऐसी ही किसी टिप्पणी के इंतज़ार में थी।

''घंटा बदला है। अरे चैनल के अंदर मर्दों की मानसिकता नहीं बदली तो बाहर क्या घंटा बदलेगी? अभी कल की ही बात है। मुझे एक खबर पढ़ने को दी। गुड़गांव में आज कुछ मनचलों ने एक लड़की पर तेजाब डाल दिया। लड़की का चेहरा बुरी तरह से झुलस गया और उसे गंभीर हालत में मेदांता अस्पताल मे भर्ती किया गया है। पुलिस उन मनचलों की तलाश कर रही है। पता चला है कि मनचलों ने कुछ दिन पहले भी इसी लड़की को राजीव चौक पर छेड़ा था। लड़की ने इसका ज़ोरदार विरोध करते हुए एक मनचले के थप्पड़ जड़ दिया था। पुलिस का कहना है मनचलों ने इसका बदला तेजाब डाल कर लिया।

''मेरे तो तन-बदन में आग लग गई। मनचले...मनचले...मनचले।

अरे यह लड़के मनचले हैं क्या। लड़की पर तेजाब डाला है, लड़की का चेहरा ज़िंदगी भर के लिए खराब हो गया है और यह साले लिख रहे हैं कि मनचले हैं। अरे गुंडे हैं यह लड़के। मनचले...मन मचल गया और तेजाब फेंक दिया। मैंने मनचले शब्द का विरोध किया तो पैनल प्रोडयूसर भी अड़ गया। कहने लगा कि एंकर हो, जो लिख कर दिया है वही पढ़ो। मैंने भी मना कर दिया। बुलेटिन के बाद आउटपुट हेड को फोन लगाया तो वह और भी ज़्यादा बुजदिल निकला। कहने लगा कि अभी तो जो पैनल प्रोड्यूसर कह रहा है वही पढ़ दो, मैं दिन में आऊंगा तो चेंज करवा दूंगा। अरे, हद है। कहां गई आप लोगों की संवेदनशीलता! अगले बुलेटिन में टेलीप्रिंटर पर वही मनचला शब्द लिखा हुआ सामने था लेकिन मैंने मनचले की जगह एक बार गुंडे, दूसरी बार दरिंदे और तीसरी बार हैवान शब्द का इस्तेमाल किया। ब्रेक में एक कहने लगा कि ज़्यादा कविता कृष्णन बनने की कोशिश मत करो। मैंने एडीटर को फोन किया तब जाकर मामला शांत हुआ और आगे के बुलेटिनों में गुंडे, हैवान, दरिंदे शब्दों का ही इस्तेमाल हुआ।''

''ओके रिलैक्स पलक। रिलैक्स। मैंने तो ऐसे ही कह दिया था।'' अजय को लगा कि पलक तो सारे रोमांस का मज़ा ही किरकिरा किए जा रही है।

''कैसे रिलेक्स हो सकता है कोई? तुम साले मर्द होते ही परले

दर्जे के कमीने हो। एक दिन निर्भया केस पर बहस हो रही था। बीजेपी की तरफ से शायद मीनाक्षी लेखी थी। वह घर से लाइव थी। स्टूडियो में दूसरे दलों के नेता बैठे थे। ब्रेक के समय दो नेता उसके कान के झुमके के रंग, लिपिस्टिक के रंग और ब्लाउज़ के रंग की व्याख्या करने में लगे थे। सब कुछ कितना मैचिंग है। मुझसे रहा नहीं गया। मैंने कह दिया कि सर प्लीज़, सीरियस इश्यू पर हम लोग बहस करने आए हैं और लिपिस्टिक-ब्लाउज़ की मैचिंग-मैचिंग कर रहे हैं। उस समय तो सब चुप हो गए लेकिन बहस के बाद एक ने कहा कि पलकजी, हमको तो आपने टोक दिया लेकिन वह मैडम भी तो इतने सीरियस इश्यू पर इतना फैशन करके क्यों बैठी थीं। मुझे गुस्सा बहुत आया। यह क्या बात हुई, क्या तर्क हुआ?''

पलक जैसी वरिष्ठ एंकर जहां निर्भया रेप केस के बाद महिला मुद्दों को लेकर संजीदा होती जा रही थी वहीं वैशाली जैसी जूनियर रिपोर्टर के सर पर रेप केस कवर करने पर मिली प्रोफेशनल कामयाबी हावी होने लगी था। रही-सही कसर गुंजन ने पूरी कर दी थी। उसने वैशाली को सरजी के खिलाफ भड़काना शुरू कर दिया था। वैशाली के ही कहने पर सरजी ने गुंजन की नौकरी एक चैनल में आउटपुट डेस्क पर लगवाई थी। सरजी के दोस्त एक चैनल के मालिक के लंगोटिया यार थे और उन्हीं की मदद ली गई थी। इस बीच दोस्त ने गुंजन को व्हाटसएप पर संदेश देने शुरू कर दिए। नौकरी लगने तक

गुंजन जवाब देती रही, दोस्त के साथ एक दिन डिनर पर भी गई और उसके फ्लैट पर भी समय बिताया। नौकरी लगने के बाद गुंजन ने दोस्त को टालना शुरू कर दिया। न जाने गुंजन को कैसे लगा कि सरजी के कहने पर ही दोस्त उसे तंग कर रहा है। सरजी से चिढ़ की एक अन्य वजह वैशाली थी। हालांकि दोनों पक्की सहेलियां थीं लेकिन वह वैशाली की कामयाबी से जलने लगी थी। उसे लगता कि जब एक नौकरी के लिए उसे दोस्त के फ्लैट पर जाना पड़ा तो वैशाली का ज़रूर कोई चक्कर है। उसे वैशाली के चक्कर से ज़्यादा दुख इस बात का था कि उसका चक्कर क्यों नहीं चला।

एक बार लैपटॉप के लिए वैशाली ने सरजी से बीस हज़ार रुपए लिए थे और बातों बातों में गुंजन को बता दिया था। हालांकि वैशाली ने किश्तों में पैसे लौटा दिए थे लेकिन गुंजन को हमेशा लगता कि कहीं न कहीं कुछ तो गड़बड़ है। इस दिल्ली शहर में यूं ही कोई किसी की मदद नहीं करता। अब इस बात का कोई जवाब वैशाली के पास नहीं था। दोनों में सरजी को लेकर झगड़ा भी हो जाता था। हालांकि वैशाली के ही कहने पर सरजी ने दोस्त से गुंजन का पीछा छोड़ने को कहा था और गुंजन को बड़ी राहत मिली थी लेकिन गुंजन इसे भुला चुकी थी। रेस्तरां में सेल्फी खिचवाने के बाद दोनों पीजी जा रही थीं। वैशाली का चेहरा खुशी से चमक रहा था। तभी गुंजन ने बात छेड़ी।

"तेरे सरजी की बात तू मान लेती तो आज कोई सेल्फी खिंचवाने नहीं आता। याद है सरजी ने तुझसे कहा था कि किसी को अपना पूरा नाम नहीं बताना। उस दिन नाम नहीं बताती तो आज कौन जानता तुझे? कौन पहचानता तुझे? ऑफिस में उस बीसी की डांट और बेबी डॉल के मैसेज झेल रही होती। अच्छा हुआ जो तूने सरजी की बात नहीं मानी।"

वैशाली का माथा पहली बार ठनका। उसे लगा कि गुंजन ठीक ही कह रही है। सरजी नहीं चाहते कि वैशाली आगे बढ़े। वह तो यही चाहते हैं कि वैशाली उनकी ही छत्र-छाया में रहे, चेली बनी रहे, उनके ही दिशा निर्देशों पर चले और उनसे मिलने आती रहे। वैशाली का दिमाग खराब होना शुरू हो गया था। पीजी में रात का खाना खाने के बाद गुंजन ने बात आगे बढ़ाई।

"सरजी तेरी इतनी ही चिंता करते हैं तो अपने ही चैनल में बीस-तीस परसेंट हाइक और प्रमोशन के साथ प्रिंसिपल रिपोर्टर क्यों नहीं बना देते? अब तो तेरी सीवी में भी लिखने को बहुत कुछ है।"

गुंजन तो करवट बदल कर सो गई लेकिन वैशाली ने सरजी के बारे में नए सिरे से सोचना शुरू कर दिया था। गुंजन के खर्राटे शुरू हो गए थे और वैशाली के दिमाग का दही हो रहा था। उसने सरजी को फोन लगाया। सरजी ने फोन उठाया नहीं तो मैसेज किया कि ज़रूरी बात करनी है। जवाब आया कि कल सुबह बात करता हूं।

अभी कहीं बिज़ी हूं। वैशाली ने खुद को अपमानित महसूस किया और सरजी को लगातार फोन करने लगी। आखिरकार सरजी ने फोन उठा ही लिया।

"कहां हो, फोन तक नहीं उठा रहे जबकि कह रही हूं कि ज़रूरी बात करनी है। ज़रूर पलक के साथ होंगे। शेरो-शायरी का दौर चल रहा होगा। किस भसड़ चैनल में फंसा दिया। बीसी कह रहा है कि निर्भया रेप केस के बाद सरकार द्वारा बनाई गई जस्टिस वर्मा कमेटी की सिफारिशों पर सीरीज़ करूं। कल से। साला, रात काली करवाएगा। रात को दिल्ली की सड़कों पर घूमो और देखो कि कौन कौन-सी सड़कों पर रोड लाइट नहीं हैं...कौन कौन से बस स्टैंड अंधेरे में डूबे रहते हैं...कौन कौन..."

"यह तो शानदार आइडिया है। यह आइडिया तो तुम्हें आना चाहिए था।" सरजी ने टोका था।

"भाड़ में गया आइडिया। अब यह स्टोरी करवानी है तो किसी जूनियर रिपोर्टर से करवाओ। मेरी जैसी सीनियर रिपोर्टर की क्यों रात काली करते हो? यह बात समझ नहीं आती उस साले बीसी को। बीच में ठीक हुआ था लेकिन अब फिर तंग करने लगा है। आप तो अपने चैनल में ले लो मुझको।"

सरजी ने बात टालने के लिए "ओ के, देखता हूं" कहा तो वैशाली उखड़ गई।

"देखता हूं, वेखता हूं क्या होता है सरजी। हमारे यहां से दो रिपोर्टर आपके यहां इंटरव्यू भी दे आए हैं। लेकिन आपने तो बताया तक नहीं।"

"वह जूनियर पोस्ट के लिए हैं और तुम तो सीनियर रिपोर्टर हो।" सरजी ने हल्का सा तंज कसा जिसे वैशाली समझ गई। "वह तो है ही सरजी। कोई शक। अब तो मेरी सीवी में लिखने को बहुत कुछ है। लेकिन आप तो चाहते ही नहीं कि आप की वैशाली आगे बढ़े। आपको तो सिर्फ पलक से ही लेना-देना है। वैशाली तो बस पीटीसी पूछती रहे, जहाज़ के पहले ज में नुक्ता लगता है या दूसरे ज पर। यह आप उसे बताते रहो बस, आप तो यही चाहते हैं कि वैशाली आपके अंडर में रहे। बरगद का पेड़ मत बनो और मुझे उसके नीचे की घास मत बनाओ जो कभी उग नहीं पाती।"

सरजी समझ गए कि वैशाली को या तो कोई भड़का रहा है या फिर वैशाली को लग रहा है कि अब उसे सरजी की ज़रूरत नहीं है लिहाजा रिश्ता तोड़ने का बहाना तलाश रही है। वैशाली की अक्ल घास चरने गई है भैंसी गांव की किसी भैंस की तरह। सरजी ने सोचा और न जाने क्यों पुरानी गज़ल याद आ गई जो उन्होंने हरनील के जाने के बाद लिखी थी।

उसने यूं नज़रें फेरी,
शाम हो गई पूरी।

इश्क़ का नमक खाया है,
करते रहेंगे जी हुजूरी।
पुराने बिल के डीटेल देखे,
कितनी बढ़ गई है दूरी।
अब आ रहा है मज़ा,
ज़िंदगी आधी अधूरी।
बिना बताए चुपचाप जाने वाले,
कोई एक तो गिना मजबूरी।
साहिल भी तू, सैलाब भी तू,
डूबने की तमन्ना हुई पूरी।

स्नेहा, सरजी और सर्पदोष

बात उस समय की है जब सरजी डीडी न्यूज़ में थे। देश में सरकार बदली थी। 2004 में। सरजी जैसे लोग पिछली सरकार के समय नौकरी पर रखे गए थे। नई सरकार की नज़र में यह लोग संदिग्ध थे जिनकी एक-एक हरकत पर नज़र रखी जा रही थी ताकि गलती पकड़ में आते ही हाशिए पर डाला जा सके। एक बार रात के प्राइम टाइम बुलेटिन में सरजी ने विपक्ष की एक खबर हेडलाइंस में लगा दी। अगले ही दिन सुबह उनसे लिखित में जवाब मांगा गया और दोपहर बाद निलंबित कर दिया गया। डीडी न्यूज़ में रहते हुए सरजी के कुछ ऐसे प्रोडयूसर दोस्त बन गए थे जिन्होंने नौकरी के साथ-साथ प्राइवेट प्रोडेक्शन हाउस भी खोले हुए थे और डीडी के अलग-अलग चैनलों के लिए कमीशंड बेस कार्यक्रम बनाया करते थे। सरजी का मन पहली बार दूरदर्शन के इन महानुभावों को सलाम

करने का हुआ था जो आठ घंटे की ड्यूटी करने के बाद निजी प्रोडेक्शन भी करते थे। इतने मेहनतकश लोग आजकल मिलते ही कहां हैं। सरजी की गिनती अच्छे स्क्रिप्ट राइटरों में होती थी। यह प्रतिभा एक प्रोड्यूसर ने पहचान ली थी। ठाले बैठे सरजी को समय काटने के लिए कुछ काम मिल गया था और पैसा अलग से।

सरजी गोल मार्केट में एक स्टूडियो में जाने लगे। साप्ताहिक सांस्कृतिक कार्यक्रम बनाने में मदद करने लगे। उस कार्यक्रम की एंकरिंग स्नेहा नाम की लड़की करती थी जो खुद पत्रकारिता में डिप्लोमा कर रही थी। कार्यक्रम का प्रसारण शनिवार को होता था और शुक्रवार की रात सारी एंकरिंग होती थी। स्नेहा घर से ही तैयार हो कर आती। एंकर लिंक पढ़ती और वॉयस ओवर भी करती। इसके लिए उसे देर तक रुकना पड़ता था। वैसे भी वह डिप्लोमा पूरा होने के बाद न्यूज़ चैनल में एंकर बनना चाहती इसलिए अभी से काम सीखना शुरू कर दिया था। बुधवार और गुरुवार को सरजी स्टोरीज़ एडिट करवाते थे और स्नेहा काम सीखने चली आती थी। वह सरजी से तरह-तरह के सवाल पूछती। सरजी के पास भी समय ही समय था तो वह भी उसके सवालों के लंबे लंबे जवाब देते। स्नेहा कभी-कभी अपनी सहेली गरिमा के साथ आती थी जिसके पिता दिल्ली पुलिस में अफसर पद से रिटायर हुए थे और अब ज्योतिष में हाथ आजमा रहे थे। स्नेहा से बातों का सिलसिला इतना

चला कि स्नेहा सरजी के घर भी आने लगी। सरजी से वह स्क्रिप्ट लिखने और अच्छे एंकर बनने के गुर सीखती। सरजी को एक दो बार जबरन स्नेहा अपने घर ले गई थी जहां खाना खाकर ही स्नेहा की मां ने जाने दिया था।

स्नेहा सरजी से बहुत जल्द ही खुल गई थी। वह कभी हाथों पर हाथ मार कर कहती "क्या यार..." तो कभी घर आती तो अंगूर ले आती तो कभी परांठे। सरजी मना करते तो कह देती कि मां ने भेजे हैं। सरजी को पहले तो ऐसी हरकतों पर गुस्सा आता था लेकिन फिर समझ गए कि स्नेहा में समझ की कमी है। वैसे यह सब तब होता जब बाई घर पर काम कर रही होती। सरजी भी स्नेहा को तभी बुलाते जब बाई घर पर हो। सरजी को कभी लगता कि वह बहुत मासूम है तो कभी लगता कि कहीं उनका इस्तेमाल सीढ़ी के रूप में तो नहीं हो रहा। स्नेहा भी अक्सर कहती कि बस तीन महीने डिप्लोमा के बचे हैं उसके बाद तो सरजी डीडी न्यूज़ में एंकर बनवा ही देंगे। वैसे सरजी को स्नेहा की ज़रूरत भी थी। सरकारी नौकरी में रहते हुए वह प्रोड्यूसर से अपने नाम पर चेक नहीं ले सकते थे। लिहाजा कभी चेक वह किसी दोस्त के नाम कभी स्नेहा के नाम तो कभी स्नेहा की मां के नाम पर लेते थे। ये लोग चेक कैश करके सरजी को पैसा दे दिया करते थे। स्नेहा जब परांठे लाती तो साथ में पैसे भी लाती जो किसी न किसी चेक के कैश करने से आए होते।

एक दिन स्नेहा सरजी के घर पहुंची तो बेहद गमगीन लग रही थी। सरजी ने वजह पूछी तो उसने बाई की तरफ इशारा किया। बाई के जाने के बाद सरजी के पास सरक आई और उनका हाथ अपने हाथ में लेकर बोली, ''आपको याद है न पहले मैं अपनी एक सहेली के साथ आती थी। गरिमा के पिता दिल्ली पुलिस से रिटायर हुए हैं और हाथ देखते हैं। गाज़ियाबाद में पुलिस बाबा के नाम से जाने जाते हैं। एक दिन मैंने भी हाथ दिखाया तो कहने लगे कि मेरे हाथ में सर्पदोष है।''

''सर्पदोष? यह क्या मज़ाक है!''

''सरजी पूरी बात तो सुनिए। मेरी तो ज़िंदगी-मौत का सवाल है। अंकल का कहना है कि मुझमें सर्पदोष है, इसलिए मेरी शादी जिससे भी होगी वह छह महीने के अंदर मर जाएगा और मुझे जीवन में बहुत दुख देखने पड़ेंगे।''

''सरजी उठ खड़े हुए। यह क्या बकवास है। मूर्ख बना रहे हैं अंकल। कोई सर्पदोष-वर्पदोष नहीं होता है।''

''होता है सरजी, होता है। अंकल बता रहे थे कि उनके एक सिपाही की बेटी को भी सर्पदोष था। उसने अंकल की बात नहीं मानी और शादी के तीन महीने बाद ही डीएनडी पर उसके दामाद का एक्सीडेंट हो गया। विधवा बेटी को अब ब्रेस्ट कैंसर हो गया है।''

सरजी को मामला गड़बड़ लगा। "अच्छा यह बताओ। तुम्हारे अंकल यह बातें तुम्हारी सहेली के सामने करते हैं या..."

"नहीं गरिमा को तो काका जूस सेंटर से खास जूस लाने के लिए भेज देते हैं। काका जूस सेंटर अंकल के घर से बीस मिनट की दूरी पर था यानी जाने, जूस बनवाने और आने में करीब-करीब एक घंटा लग ही जाता है।"

"अंकल के पास सर्पदोष मुक्ति का भी तो कोई उपाय होगा।"

"है न सरजी। उनका कहना है कि मुझे किसी ऐसे मर्द के पास जाना होगा जिससे मुझे शादी नहीं करनी हो। उसे प्यार के लिए उकसाना होगा। इतना उकसाना होगा कि वह मेरे साथ सेक्स करने को तैयार हो जाए। सब कुछ करना है लेकिन अंतिम हद किसी भी सूरत में पार नहीं करनी है। ऐसा करने पर मेरा सर्पदोष दूर हो जाएगा।" स्नेहा सर झुकाते हुए यह सब कह रही थी और शरमाने के साथ-साथ रुआंसी भी हो रही थी।

सरजी समझ गए कि बुढ़ऊ की नजरें स्नेहा पर हैं और सर्पदोष मुक्ति की आड़ में खेल खेला जा रहा है। उन्होंने स्नेहा को लाख समझाने की कोशिश की लेकिन वह किसी भी तर्क से सहमत नहीं हुई। वह बहुत डरी हुई, सहमी हुई लग रही था। वह नहीं मानी तो सरजी चिढ़ कर बोले, "ऐसा ही है तो अपने अंकल से ही सर्पदोष दूर करवा लो।"

इस पर स्नेहा ने बताया कि एक दिन अंकल ने दोपहर ग्यारह से बारह बजे घर बुलाया था। कहा था कि यह सर्वोतम समय है जब वह किसी अन्य उपाय से सर्पदोष दूर करने का प्रयास करेंगे। इसके लिए विशेष पूजा करनी होगी और स्नेहा को काली साड़ी पहन कर आना होगा। स्नेहा ठीक ग्यारह बजे अंकल के घर पहुंच गई थी। घर पर कोई नहीं था। सारा परिवार शादी के सिलसिले में शामली गया हुआ था। अंकल ने स्नेहा का हाथ पकड़ा और कुछ बुदबुदाते हुए उसे उलटते पलटते रहे। कभी हाथ अपने माथे पर रखते तो कभी सीने पर। कभी उसके बालों पर हाथ फेरते तो कभी गाल सहलाते। स्नेहा को यह स्पर्श धीरे-धीरे अच्छा लगने लगा।

अंकल की पारखी नज़रों ने ताड़ लिया था कि असर हो रहा है तो उन्होंने स्नेहा का हाथ अपनी जांघ पर रख दिया। आगे कुछ करते इससे पहले ही बाहर गोली चलने की आवाज आई। अंकल के घर का दरवाज़ा पीटा जाने लगा। दरअसल पड़ोसियों में पार्किंग की जगह को लेकर झगड़ा हो गया था। एक ने डराने के लिए हवाई फायर कर दिया तो दूसरा पक्ष पुलिस बाबा की शरण में आ गया था। स्नेहा को पुलिस बाबा ने पिछले दरवाज़े से यह कह कर निकाला कि कुछ दिनों में वह नया मुहूर्त देख कर फिर बुलाएंगे।

दो दिन बाद परिवार लौटा तो झगड़े का पता चला। गरिमा को यह भी पता चला कि स्नेहा उस दिन घर पर थी। गरिमा को यह बात

पची नहीं। एक दिन स्नेहा गरिमा से नोटस लेने पहुंची तो अपने पिता के चेहरे पर खुशी देख कर गरिमा को पक्का यकीन हो गया कि कुछ गड़बड़ है। अंकल ने गरिमा से काका जूस सेंटर से जूस लाने को कहा तो गरिमा ने फ्रिज से जूस निकाल कर पकड़ा दिया। आगे से भी ऐसा ही जूस पीने की नेक सलाह दे डाली।

इस बात को दो महीने बीत चुके थे। सरजी को स्नेहा आफत लगने लगी थी। वह उससे कटने लगे। वैसे भी सरजी की डीडी पर नौकरी फिर बहाल हो गई थी। स्नेहा कभी मिलने आने को कहती तो वह काम बहुत है कह कर टाल जाते। स्नेहा चेक के कैश होने और पैसों की बात करती तो भी सरजी कह देते कि अगले हफ्ते घर आकर ले जाऊंगा। धीरे-धीरे डेढ़ लाख रुपए स्नेहा के पास जमा हो चुके थे।

रविवार की एक सुहानी शाम थी। हल्की-हल्की बारिश हो रही थी। सरजी घर की बालकनी में बैठे अपनी ड्रिंक का मजा ले रहे थे। सरजी ने सिगरेट सुलगाई ही थी कि मोबाइल बजा।

''सरजी, अनिल की शादी का कार्ड आपको देना है। मम्मी ने खासतौर से आपको तो घर जाकर निमंत्रण देने को कहा है। आ रही हूं बस तीन चार मिनट में।'' स्नेहा थी।

सरजी को लगा कि ज़रूर स्नेहा के भाई का नाम अनिल है जो गाज़ियाबाद में ही किसी बिल्डर के यहां काम करता है और शादी

उसी की हो रही है। स्नेहा अंदर आई तो बारिश में भीगी हुई थी। बाल तो पूरी तरह भीगे लग रहे थे। सरजी ने उसे ड्राइंग रूम में बैठने को कहा और दूसरे कमरे से तौलिया लेने चले गए। स्नेहा भी उनके पीछे-पीछे चली आई। सरजी ने उसे तौलिया थमाया तो उसे न लेकर स्नेहा ने बालों को एक अदा के साथ सरजी की तरफ झटका। सरजी पीछे हटे। ''यह क्या करती हो?'' लेकिन स्नेहा कहां मानने वाली थी! वह सरजी के पास आई और फिर एक झटका दिया। सरजी ने गीले बालों की सरसराहट पूरे बदन में महसूस की। स्नेहा ने तीसरा झटका दिया। सरजी भी आखिर में इनसान ही तो थे...

सर्पदोष से मुक्त होकर स्नेहा ने कपड़े समेटे और ड्राइंग रूम में चली गई। पांच मिनट बाद सरजी भी वहां पहुंचे। स्नेहा ने शादी का कार्ड थमाया। सरसरी-सी निगाह कार्ड पर डाल शादी की तारीख पूछी।

''कार्ड में छपी है।''

कार्ड पर लिखा था...स्नेहा वेड्स अनिल।

''तुम्हारी शादी। लेकिन यह अनिल कौन है? मुझे लगा कि तुम्हारा...''

''सरजी, अनिल वीडियो एडीटर है। आपको याद नहीं गोल मार्केट वाले स्टूडियो में वही तो एडिट करता था। उसके अंकल दूरदर्शन में एडीजी हैं। अनिल कह रहा है कि डिप्लोमा होते ही

डीडी न्यूज़ में पहले कैजुअल रखवा देगा और फिर धीरे-धीरे नौकरी पक्की हो जाएगी। स्नेहा इठलाती हुई बोल रही थी। सरजी भौंच्चके सोफे पर धंसे हुए थे। स्नेहा ने जाते-जाते सरजी के गाल पर थपकी मारते हुए कहा, "थैंक्यू सर फॉर सर्पदोष मुक्ति। आपने मुझे और अनिल को नई ज़िंदगी दी है...आप महान हैं।"

सरजी से सर्पदोष मुक्ति और अनिल से शादी...सरजी फिर कभी स्नेहा से नहीं मिले। स्नेहा ने भी डेढ़ लाख रुपए वापस नहीं किए। पूरी कहानी सुनाने के बाद सरजी ने ठहाका लगाया लेकिन पलक ने साथ नहीं दिया। ऐसा पहली बार हुआ था। हमेशा पलक ही हंसती थी और चुटकी लेती थी कि आखिरी हद की शर्त डालनी ज़रूरी थी क्या...प्यासा कुएं से लौट आया और डेढ़ लाख भी कुएं में डूब गए।

लेकिन इस बार सर्पदोष मुक्ति कथा सुनने के बाद पलक ने कहा कि उसे अजय अहलावत से प्यार होता जा रहा है और वह शादी के बारे में गंभीरता से सोच रही है। सरजी ने चट मंगनी पट ब्याह की सलाह दे डाली। अगले वीकली ऑफ में सगाई और उसके अगले वीकली ऑफ में शादी। वैसे शादी का नाम सुनते ही सरजी को सुमन का किस्सा याद आ जाता था। सुमन ईसाई था और अखबार में फोटोग्राफर। चुनाव कवर करते हुए उसने बूथ कैप्चुरिंग करने वालों की तस्वीरें ली तो उसकी जमकर पिटाई हुई। चूंकि

पत्रकार था और वह भी अंग्रेज़ी अखबार का तो सरकार तुरंत हरकत में आई। मुख्यमंत्री पचास हज़ार का चैंक लेकर अस्पताल पहुंचे। अस्पताल अधीक्षक ने सुमन की सेवा में ट्रीजा नाम की केरल की ही ईसाई नर्स को लगा दिया। चार दिनों में दोनों में प्यार हो गया। फ्राईडे को सुमन अस्पताल से डिस्चार्ज हुआ तो ट्रीजा को लेकर सीधे चर्च चला गया जहां दोनों ने शादी की और मुख्यमंत्री राहत कोष से मिले पचास हज़ार रुपयों से हनीमून मनाने चले गए।

"मज़ाक छोड़ो मनोज। मैं सचमुच अजय से शादी करना चाहती हूं लेकिन उसके बाद क्या होगा सोचकर डर जाती हूं।"

"पगली हो क्या। उसे घर जमाई बना लेना। यहीं रहेगा इस आलीशान कोठी में।"

"ज़िंदा रहेगा तो रहेगा ना।"

"मतलब?"

"याद नहीं दीपक की शादी के एक हफ्ते बाद ही मौत हो गई थी।"

"दीपक की हत्या का अजय की शादी से क्या वास्ता?"

"वास्ता है मनोज। वास्ता है। कहीं वह भी...तुम ऐसा करो मनोज, स्नेहा की तरह मुझे भी सर्पदोष से मुक्ति दे दो। प्लीज़ मनोज मैं हाथ जोड़ती हूं मुझे भी मुक्त करो स्नेहा की तरह।"

"यह सब क्या बकवास सुन रहा हूं। तुम तो बहादुर लड़की हो पलक। वहम मत पालो।"

"मनोज, मैं पहली बार मरी जब मां-बाप के बीच तलाक़ हुआ। मैं दूसरी बार मरी जब दीपक की हत्या हुई और मुझे लाइव एकंरिंग करते हुए पता चला। मैं तीसरी बार नहीं मरना चाहती।"

"पर...पर पलक यह सर्पदोष मुक्ति यह सब अंधविश्वास है। तुम तो बहस में धार्मिक कर्मकांडों के खिलाफ लोहा लेती रही हो। कुंभ मेले में साधु शाही सवारी क्यों करते हैं या बकरीद पर बकरा काटना क्यों ज़रूरी है जैसे सवाल तुम उठाती रही हो। निर्भया रेप केस में तो..."

"मर चुकी है निर्भया और निर्भया के साथ ही मर गई हैं देश भर की निर्भयाएं। मैं पलक रोज़-रोज़ की निर्भया हूं। मैं रोज़ सुबह से शाम तंज झेलती हूं। समाज के, दफ्तर के। याद नहीं, गार्ड क्या कह रहा था कि हम रांडें चेहरे पोत-पात कर बैठ जाती हैं और कहीं भी टांगें चौड़ी करने को तैयार हो जाती हैं। मैं मुक्त होना चाहती हूं।" पलक सरजी के गले लग सुबकने लगी।

सरजी हौले-हौले उसकी पीठ थपथपाने लगे तभी मोबाइल बजा। वैशाली थी। यह वही कॉल थी जिसके बाद सरजी को लगा कि वैशाली को या तो कोई भड़का रहा है या फिर वैशाली को लग रहा है कि अब उसे सरजी के सहारे की ज़रूरत नहीं है लिहाजा रिश्ता तोड़ने का बहाना तलाश रही है।

भरवां करेला

खाप की रिपोर्टिंग वाली घटना के बाद वैशाली का अपने घर जाना हुआ था। पूरे एक हफ्ते की छुट्टी मिली थी। वह बहुत खुश थी। पूरे गांव को बताना चाहती थी कि पड़ोस के गांव की गीता बबीता की तरह वह भी मशहूर हो गई है। गीता बबीता ने कुश्ती में नाम कमाया है तो उसने भी दिल्ली के मीडिया में अपनी एक पहचान बनाई है। खासतौर से वैशाली उस ट्रॉफी को साथ ले गई थी जो उसे निर्भया पर बेस्ट रिपोर्टिंग के लिए मिली थी। लेकिन घर पर तो पूरा नज़ारा ही बदला हुआ था। पहले तो मां ने समझाया कि लड़कियों को लड़कों की तरह नहीं रहना चाहिए। फिर चचेरे भाई ने सीख दी कि आखिर क्या ज़रूरत थी खाप के खिलाफ जाने की। दूसरे चैनल की लड़की पिट रही थी तो उसे बचाना पुलिस का काम था। वैशाली को चौधराइन बनने की ज़रूरत क्या थी। शाम को बड़ी

बहन कॉलेज से लौटी तो उसने आदित्य के बारे में पूछा। दूसरे कैमरामैन मर गए हैं क्या। वही जाता है हर शूट में। क्या चक्कर है। वैशाली का माथा ठनका।

दरअसल उस दिन रेस्तरां में एक ग्रुप ने वैशाली और आदित्य के साथ सेल्फी ली थी। कुछ तस्वीरें वैशाली की सहेली गुंजन के मंगेतर ने फेसबुक पर डाल दी। मंगेतर के एक दोस्त ने तस्वीरें शेयर कर दीं। उस दोस्त के दोस्तों की सूची में एक लड़का था जो वैशाली की बड़ी बहन की क्लास में पढ़ता था। उसने बड़ी बहन को इंप्रेस करने के लिए तस्वीरें दिखाई। बहन फेसबुक के जरिए गुंजन के मंगेतर तक पहुंच गई और कुछ अन्य तस्वीरें भी मंगवा लीं। वैशाली ने आदित्य को साथ काम करने वाले कैमरामैनों में से एक बता कर बात टालनी चाही लेकिन उसी दौरान आदित्य का मैसेज आया।

"कल से दो दिन के लिए गोवा टूर पर जा रहा हूं। तुम्हारे लिए कुछ लाना हो तो बताओ। मिस यू।"

मैसेज पढ़ते ही चचेरे भाई ने वैशाली पर हाथ छोड़ दिया। घरवालों ने साफ चेतावनी दी कि यही सब करना है तो दिल्ली नौकरी करने की कोई ज़रूरत नहीं है। भाई पीजी का हिसाब कर आएगा और सामान लेते आएगा।

वैशाली को पापा से ही आस बची थी। आखिर कोलकाता से आई बैंक मैनेजर वैशाली सेनगुप्ता की बहादुरी से प्रभावित होकर

पापा ने उसका नाम वैशाली रखा था। वह यही चाहते थे कि बेटी भी वैशाली सेनगुप्ता जैसी निडर निकले जिसने प्रभावशाली जाटों से कर्ज़ वसूली कर दिखाई थी। देर शाम पापा घर लौटे तो वैशाली उनसे लिपट गई। पापा ने बड़े प्यार से सर पर हाथ फेरा। उसकी हिम्मत की दाद दी। फिर चाय का कप थामते हुए बोले, ''बेटा, जो हो गया सो हो गया। अब घरवालों की बात मान ले। इसी में तेरी और पूरे घर की भलाई है।''

हफ्ते भर की छुट्टी पर गई वैशाली तीसरे दिन ही वापस नोएडा आ गई थी। आते हुए हरियाणा रोडवेज़ की बस में उसने खुद से चार वायदे किए थे। एक, वह कभी फिर वापस गांव नहीं जाएगी। दो, आदित्य से प्यार करती रहेगी। तीन, ब्यूरो चीफ के आतंक के आगे नहीं झुकेगी और चार, सरजी का खून यूं ही पीती रहेगी।

सरजी के घर वैशाली सुबह ही आ गई थी। उसने बाई को तुलसी और पुदीने वाली कम दूध की चाय बनाने को कहा और बेडरुम में चली आई। सरजी रज़ाई में दुबके अखबार पढ़ रहे थे। वैशाली भी रज़ाई के एक कोने में दुबक गई।

''सरजी, अखबार रखो और सुनो भरवां करेले की कहानी। मैं बहुत छोटी थी। तीन या चार साल की रही होंगी तब यह सब हमारे घर हुआ होगा। मेरी मौसी की बेटी थी बबीता। प्यार से सब उसे बब्बल कहते थे। बेहद खूबसूरत। बरसों बाद खानदान में कोई

लड़की हुई थी लिहाजा सबको बहुत प्यारी थी। यह कहानी मां ने उस दिन सुनाई थी जिस दिन मैं पत्रकार बनने दिल्ली जाने वाली थी। हमारे घर पर कभी भरवां करेले की सब्ज़ी नहीं बनती थी। कभी कोई करेले की बात करता तो पूरे घर में सन्नाटा सा पसर जाता था। हर चेहरा दूसरे चेहरे से नज़र इस अंदाज़ में चुराने लगता था मानो उसने कोई अपराध कर दिया हो। यह एक संयोग ही था कि जिस सुबह मुझे दिल्ली निकलना था उससे ठीक एक दिन पहले स्कूल से लौटी छोटी बहन स्वीटो ने भरवां करेले की सब्ज़ी बनाने की ज़िद की थी। उसकी ज़िद पर आंगन में खामोशी थी। मैं उस समय दिल्ली जाने की तैयारी कर रही थी। मां ने उसे डांट कर चुप करा दिया था कि करेले की सब्ज़ी भी कोई सब्ज़ी है। कड़वी। मुझे तभी तेज़ी से अहसास हुआ कि हमारे घर कभी करेले की सब्ज़ी नहीं बनी।

"दरअसल स्वीटो की सहेली स्कूल में भरवां करेले की सब्ज़ी लेकर आई थी। स्वीटो को भरवां करेले का धागा निकालने में बड़ा मज़ा आया था। नया नया सा। सहेली ने बताया था कि करेली को छीला जाता है फिर उसे बीच में चीरा जैसा लगा कर उसमें मसाले भर दिए जाते हैं। उसके बाद करेले को धागे से बांध दिया जाता है और पकाया जाता है। स्वीटो को यह सब सुनकर बड़ा रस आया और घर पर मां से कह दिया लेकिन शाम तक घर का माहौल बोझिल रहा। सब इस उदासी को महसूस कर रहे थे।

"रात को सबको खाना खिलाने और चौका-बर्तन संभालने के बाद मां मेरे पास आई। हिदायतें दीं कि दिल्ली में कैसे रहना है, किसी से ज़्यादा बात नहीं करनी है, किसी पर भरोसा नहीं करना है, घरवालों से कुछ छुपाना नहीं है, कपड़े ढंग से पहनने हैं, शहरी लड़कों से दूर रहना है, किसी के साथ इधर-उधर चाय काफी पीने ज़्यादा नहीं जाना है, किसी को अचानक से दोस्त नहीं बना लेना है। आदि आदि।

मैंने कुछ गुस्से में कह दिया कि या तो भेजो नहीं, भेज रहे हो तो विश्वास करो मुझपर। मां ने गहरी सांस ली और खाट किनारे बैठ गई और बोली...विश्वास तो तेरी मौसी ने भी बब्बल पर किया था। लेकिन हुआ क्या...यह कह मां जाने लगी। मैंने रोक लिया। ज़िद पकड़ ली कि या तो बब्बल की कहानी बताएं नहीं तो मैं दिल्ली नहीं जाऊंगी। तब मां ने बब्बल की कहानी सुनाई थी।

"बब्बल बचपन से ही टीचर बनना चाहती थी। जब वह दूसरी तीसरी कक्षा में थी तो चुन्नी को साड़ी की तरह लपेट लेती, अपनी उम्र के घर पड़ोस के बच्चों को बिठाती और हाथ में नीम की लकड़ी ले शुरू जाती। आज बच्चे एक से दस तक के पहाड़े सीखेंगे। किसी को मुर्गा बनने का आदेश देती तो किसी को शाबाशी। 15 अगस्त, दो अक्टूबर और 26 जनवरी को बब्बल सभी बच्चों से वंदे मातरम के नारे लगवाती। जब वह पांचवी कक्षा में थी तो शिक्षक दिवस पर

उसने स्कूल के प्रधानाचार्य से उसे प्रधानाचार्य बनाने की विनती की थी। प्रधानाचार्य मौसा के दोस्त थे।

"वह मान गए थे और बब्बल बाकायदा मां की साड़ी पहन कर उस दिन स्कूल गई थी। उसने सुबह की प्रार्थना के बाद तीन मिनट का भाषण भी दिया था। उस समय गांव में पांचवी तक का ही स्कूल था। पांचवी पास करने के बाद बब्बल ने आगे भी पढ़ने की ज़िद पकड़ ली। मौसी तैयार नहीं थी लेकिन बब्बल ने मौसा को जैसे-तैसे पटा ही लिया। दसवीं तक का स्कूल गांव से पांच किलोमीटर दूर था। बड़ा भाई उसी स्कूल में जाता था और बब्बल भी साथ जाने लगी। दसवीं में बब्बल के 70 प्रतिशत नंबर आए तो मौसी-मौसा को लगा कि उन्होंने बब्बल को आगे पढ़ाकर कोई गलती नहीं की। दोनों ने पूरे गांव में मिठाई बांटी थी।

"आगे बब्बल ने इंटर कॉलेज जाने की ज़िद पकड़ी तो पूरे घर में बावेला मचा। खानदान की पहली लड़की थी जो कॉलेज जाना चाह रही थी। इंटर कॉलेज का मतलब गांव से पचास किलोमीटर दूर भेजना, वहां होस्टल में रहना। होस्टल में रहने खाने की फीस। बात खर्चे की भी थी और अकेली लड़की को इतनी दूर भेजने की भी। लेकिन बब्बल की कुएं में कूद कर जान देने की धमकी काम आई। बब्बल पढ़ाई में तेज़ थी। पहले ही साल उसे स्कॉलरशिप मिलने लगी तो पिता का बोझ कुछ कम हुआ। वह कॉलेज की वाद-

विवाद प्रतियोगिताओं में बढ़-चढ़ कर हिस्सा लेती। कॉलेज के दूसरे साल बब्बल की दोस्ती सहपाठी विक्की से हो गई थी। विकास नाम था उसका जो गैर बिरादरी का था। दोस्ती गहरी हुई और बात गांव तक जा पहुंची। बब्बल की जमकर पिटाई हुई। इस शर्त के साथ उसे वापस कॉलेज भेजा गया कि वह विक्की से कभी नहीं मिलेगी। बब्बल ने यह शर्त मंज़ूर कर ली क्योंकि उसे टीचर बनने के अपने सपने को पूरा करना था।

''सचमुच अगले दो महीनों तक उसने विक्की से बात तक नहीं की। लेकिन कॉलेज के शिमला टूर पर माल रोड में घूमते हुए कॉलेज के लड़कों का स्थानीय लड़कों से कोई पंगा हो गया। दोनों गुटों में मारपीट हुई और तब बब्बल ने ही विक्की की जान बचाई थी। दोनों के बीच फिर बातचीत और फिर मिलने का सिलसिला शुरू हो गया। हालांकि बब्बल अब बहुत सतर्क रहने लगी थी। कॉलेज पूरा होने के बाद बब्बल ने बीएड के लिए एडमिशन फार्म भरा। मौसा ने उसपर हस्ताक्षर करने से साफ इन्कार कर दिया। मौसी ने रिश्ते देखने शुरू कर दिए। इस बार बब्बल की कुएं में कूदने की धमकी काम नहीं आई तो उसने सचमुच कलाइयों की नस काट डाली लेकिन दस दिन अस्पताल में बिताने के बाद बब्बल वापस गांव भेज दी गई।

''बब्बल के लिए यह जीने-मरने का सवाल था। बीएड के दाखिले

में हफ्ता बचा था और बब्बल के पास यही सात दिन थे। वह विक्की से छुपते-छुपाते मिली। तय हुआ कि दोनों शादी कर लेंगे और विक्की उसे बीएड करने देगा। अगले ही दिन सुबह बब्बल खेत गई और फिर लौटी ही नहीं। तीन घंटे इधर-उधर तलाश के बाद मौसा सारा माजरा समझ गए। वह बब्बल की ज़िद भी जानते थे। मौसी ने रोना पीटना शुरू किया तो मौसा ने मौसी को ही पीट डाला।

"पगली है क्या। पूरे गांव को पता चल जाएगा कि लड़की घर से भाग गई। खाप के चौधरी पंच जीना हराम कर देंगे। अपनी छोड़ो चाचा ताऊ की बेटियों की शादियों में भी अड़चनें आएंगी। चुप कर और सोचने दे मुझे। जा हुक्का भर कर ला।

"शाम तक बब्बल नज़र नहीं आई तो गांव में कानाफूसी शुरू हुई। पंच पटेल हालचाल पूछने के बहाने घर आए। मौसा ने सबको चाय पिलाई और साथ में मिठाई भी खिलाई। पंच पटेल हैरान। मौसा ने कहा कि बब्बल का दाखिला बीएड के लिए रोहतक करवा दिया है। गांव की पहली बच्ची है जो मास्टरनी बनेगी। आज ही आखिरी दिन था दाखिले का तो सबेरे-सबेरे ही चली गई। पंच पटेलों के शक को दूर करते हुए मौसा आगे बोले कि सच्ची बात तो यही है कि हम नहीं चाहते थे कि छोरी आगे पढ़े। हमने तो बिरादरी में लड़का भी देखना शुरू कर दिया था। लेकिन छोरी ने ज़िद पकड़ ही ली तो हम क्या करते। अब तो आप पंचों पर है कि छोरी की

फीस, होस्टल का खर्चा आदि जुटाने में मदद करे। आखिर बब्बल पूरे गांव का नाम ही तो ऊंचा करने गई है। हुक्का गुड़गुड़ाते पंच पटेल बड़बड़ाते हुए चले गए।

''मौसा ने राहत की सांस ली और बब्बल-विक्की का पता लगाना शुरू कर दिया। यह काम ज़्यादा मुश्किल नहीं था। वास्तव में बब्बल ने बीएड कॉलेज में दाखिले का फॉर्म भरा था जिसमें मौसा के फर्जी हस्ताक्षर किए हुए थे। मौसा समझ गए कि यह काम ज़रूर विक्की ने ही किया होगा। दोपहर बाद मौसा गांव पहुंचे और प्राइमरी स्कूल के आगे से गुज़रे तो उन्हें बब्बल की याद आई। कैसे पांचवी कक्षा में थी तो शिक्षक दिवस पर प्रधानाचार्य बनने की ज़िद की थी। मौसा ही उसे उस दिन स्कूल लेकर गए थे। मौसी की साड़ी पहने बब्बल छोटी-सी दुल्हन ज़्यादा लग रही थी। मौसा प्रधानाचार्य दोस्त से मिलने स्कूल में पहुंचे। वहां उन्हें लगा कि बब्बल प्रिंसीपल की कुर्सी पर बैठी है और दरवाज़े की तख्ती पर लिखा है। बबीता मल्लिक, बीएड, एमएड, प्रधानाचार्य, राजकीय प्राथमिक शाला, गांव भैंसी। कमरे में एक तस्वीर लगी है जिसमें बबीता मल्लिक राष्ट्रपति के हाथों शिक्षक दिवस पर सम्मानित हो रही है। पास ही में अखबारों की कतरनें हैं जिसमें बबीता मल्लिक की तारीफ की गई है। यह सब सोचकर ही मौसा रो पड़े थे।

''चार दिन बाद ही बब्बल--विक्की का पता चल गया था। दोनों

ने आर्य समाज में मंदिर में शादी कर ली थी। रोहतक में विक्की के एक दोस्त के यहां रह रहे थे। मौसा ने विक्की के दोस्तों के माध्यम से बब्बल तक संदेशा भिजवाया कि वह किसी को फिलहाल अपनी शादी के बार में कुछ नहीं बताए। खाप को कोई मौका नहीं दे। बब्बल एक महीने बाद गांव आए तो शरीर पर सुहाग का कोई चिह्न नहीं होना चाहिए ताकि किसी को शक न हो। बब्बल मान गई थी। उसे अपने पिता पर गर्व महसूस हुआ था और उसने यूं शादी करने के लिए और उनका दिल दुखाने के लिए माफी मांगने का संदेश भी भिजवाया था।

''महीने भर बाद बब्बल गांव पहुंची तो पूरा गांव ही मौसा के यहां चला आया। बब्बल का बदन कुछ भरा भरा लग रहा था। चेहरे पर लाली थी। वह अपने साथ बीस पच्चीस बस्ते लेकर आई थी। सीधे स्कूल गई और वहां प्रधानाचार्य से गरीब बच्चों को बस्ते देने का अनुरोध किया। प्रधानाचार्य चाचा ने बब्बल के सर पर हाथ फेरते हुए जुग-जुग जिओ बेटी का आर्शीवाद दिया था। दोपहर गांव वालों का जमघट मौसा के घर से हटा।

''मैं बहुत छोटी थी तब लेकिन मां जब कहानी सुना रही थी तो मुझे भी जैसे धुंधली-सी याद आ रही थी। मां से गले मिलने, बहनों के साथ रोने, पिता से मिलने के बाद, भाइयों के हाल-चाल पूछने के बाद बब्बल ने मां से कहा था कि बहुत भूख लगी है। महीना हो गया

तेरे हाथ का खाना खाए। आज क्या खास बनाया है अपनी लाडो के लिए।

"मां रसोई में चली गई। बाकी भाई बहनों ने बब्बल को घेर रखा था। उसमें मैं भी थी। मां ने सबको दूर भगाया और थाली सज़ा दी। वाह मां, भरवां करेले की सब्ज़ी। मज़ा आ गया मां। एक दिन रोहतक में खाई थी लेकिन उसमें तेरे हाथों जैसा स्वाद कहां। पिता ने अपने हाथों से करेले का धागा खोला था और अपनी प्यारी बब्बल को दिया था, उसके सर पर हाथ फेरा था और फिर हुक्का गुड़गुड़ाने पास के तख्त पर चले गए थे। उधर बब्बल ने बचा खुचा धागा निकाला। चखने पर मौसी से बोली। तेर हाथ में तो जादू है मां। अभी दो-चार दिन रुकूंगी मुझे भी सिखा देना। एक रोटी के साथ एक पूरा करेला खा चुकी थी बब्बल। पिता के हुक्का गुड़गुड़ाने की आवाज़ कुछ ज़्यादा ही तेज़ हो गई था। दूसरे करेले को धागे से मुक्त करते हुए बब्बल ने कहा कि मां, चक्कर सा आ रहा है। मौसी ने कहा कि सफर की थकान है और उसके मुंह में अपने हाथ से करेला भर दिया। बब्बल के मुंह से झाग निकलने लगी। एक अजीब-सी बदबू पूरे अहाते में फैलने लगी। बब्बल को उल्टी हुई। वह कभी पेट को पकड़ती तो कभी गले को। मौसी ने रोना शुरू किया तो मौसा ने उसे कमरे में बंद कर दिया।

"बब्बल फर्श पर उलट रही थी। अपनी ही की गई उल्टियों के

बीच। देखते ही देखते बब्बल का शरीर एक बार ज़ोर से अकड़ा। वह ओ माई रे चिल्लाई, हुक्का गुड़गुड़ाते पिता को देखा और खामोश हो गई। उसकी आंखों में हैरानी के भाव थे मानो उसे यकीन ही नहीं हो रहा था कि बिना टीचर बने वह दुनिया छोड़ चली है। एक घंटे बाद ही बब्बल को नहर किनारे जला दिया गया। मौसा के कहने पर लाश को स्कूल के आगे से ले जाया गया। अगले दिन सुबह उसी नहर किनारे विक्की का भी शव मिला था। देर रात विक्की को इस कांड के बारे में पता चला था। वह सुबह गांव पहुंचा तो नहर किनारे बब्बल के भाई उसका इंतज़ार कर रहे थे।''

भरवां करेले क़ी कहानी पूरी हो गई थी। सरजी की आंखों में आंसू थे लेकिन वैशाली कठोर मुद्रा में बैठी थी। उसकी आंख में एक भी आंसू नहीं था। दरवाज़े की ओट से बाई रोते हुए निकली और उसने वैशाली को लिपटा लिया। वैशाली ने बाई को अपने से अलग करते हुए अच्छी चाय बनाने के लिए धन्यवाद दिया और अपना बैग उठा लिया और जाते-जाते बोली।

''सरजी, यह कहानी आप आदित्य को ज़रूर सुनाना।''

वैशाली का चले जाना

वैशाली तो चली गई लेकिन सरजी उस रात देर तक सो नहीं सके थे। यही सोचते रहे कि करेले के मसाले में सल्फास की गोली का चूरा किसने मिलाया होगा। मां ने, पिता ने या भाइयों ने। सल्फास की गोली गेहूं को कीड़ों से बचाने के लिए एक पोटली में अलग से डाल कर गेहूं के साथ रखी जाती है। सल्फास गोली खा कर की गई आत्महत्या बेहद यंत्रणादायक होती है। यह पेट में जाकर फॉसजीन गैस पैदा करती है जो बेहद बदबू पैदा करती है। देखते ही देखते यह फॉसजीन गैस पूरे शरीर में फैल जाती है। उल्टी निहायत बदबूदार होती है और आदमी तड़प-तड़प कर मरता है। सरजी सोच रहे थे कि जब करेले से पिता ने धागा निकाला था तो वह क्या बब्बल को मुक्त कर रहे थे या फिर खुद मुक्त हो रहे थे। सरजी सोच रहे थे कि मासूम बब्बल तो जब पहली बार उल्टी हुई होगी

और उसने सल्फास की गोली को पहचाना होगा तब अपने पिता, मां, बहन, भाइयों, समाज, खाप और विक्की के बारे में क्या सोचा होगा। सरजी ने वोदका के दो बड़े पैग लिए और फोन पर पलक को सारी कहानी बताई। पलक का भी कहना था कि बब्बल को मारना नहीं चाहिए था। उसे घर से हमेशा-हमेशा के लिए निकाल देते। ज़िंदगी भर उसकी शक्ल नहीं देखते। संपत्ति से महरुम कर देते लेकिन मार कैसे दिया, क्यों करेले में ज़हर मिलाया?

ज़हर तो वैशाली की ज़िंदगी में घुल रहा था और सरजी को भी झेलना पड़ रहा था। दरअसल एक हफ्ते की लीव पर गई वैशाली तो घरवालों से झगड़ कर चौथे दिन ही वापस दफ्तर पहुंच गई थी लेकिन बीसी के लिए यह चार दिन ही काफी थे। आदित्य को लेकर झूठे-सच्चे किस्से एडीटर को सुनाए और पूरे रिपोर्टिंग विभाग का माहौल खराब करने का आरोप लगाया। एक-दो वीडियो एडीटरों से भी वैशाली की शिकायत करवाई गई। उसे आते ही नाइट ड्यूटी पर लगा दिया गया। बीसी को पता था कि वैशाली को नाइट ड्यूटी से बड़ी कोफ्त होती थी। उसे जस्टिस वर्मा की सिफारिशों पर रोज़ आधे घंटे का एक शो बनाने को कहा गया। देर रात तक शो शूट होता। फिर उसकी एडीटिंग होती। यानी देर तक वैशाली को दफ्तर में ही रहना पड़ता। शो सुबह एक ही बुलेटिन में दिखा कर गिरा दिया जाता। शो में भी नुक्स निकाले जाते। उसे ऐसा

कैमरामैन दिया गया जिसकी किसी के साथ नहीं बनती थी। वैशाली की उससे चिख-चिख होती और वह अपनी वरिष्ठता के दम पर अपने हिसाब से काम करता। ऐसे समय में वैशाली को लगता कि सरजी को उसके पास होना चाहिए लेकिन पलक के साथ पाती तो चिढ़ जाती। सरजी पर वैशाली अपना अधिकार-सा जताने लगी थी।

ऐसे ही खराब मूड में एक सुबह वैशाली सरजी के घर आ धमकी। आते ही शुरू हो गई। ''सरजी, आपको पहचानने लगी हूं मैं। आपने खाप की रिपोर्टिंग के समय यह क्यों कहा था कि मैं अपना पूरा नाम नहीं बताऊं। दरअसल आप मेरा भला चाहते ही नहीं हैं। आप तो यही चाहते हैं कि मैं बस आपके पीछे पीछे घूमती रहूं। आपको लगता है कि मैं किसी बड़े चैनल में चली गई तो आप से छिटक जाउंगी। आपकी इज़्ज़त करना बंद कर दूंगी। आप भी दूसरों की तरह ही हो। मंशा वही है बस सीधे हो शरीफ हो इसलिए हिम्मत नहीं जुटा पा रहे हो।''

सरजी का गुस्सा सातवें आसमान पर था। ''आखिर तुम चाहती क्या हो। सीधे-सीधे क्यों नहीं कह देती कि अब तुम्हें मेरी ज़रूरत नहीं। साफ कह दो कि कटना चाहती हो लेकिन थोड़ा लिहाज करती हो इसलिए बहाने तलाश रही हो। अगर ऐसा ही है तो दरवाज़ा खुला है।''

वैशाली ने पर्स उठाया और तीर की तरह दरवाज़े से निकल गई। अगले दो दिनों तक न तो वैशाली का कोई फोन आया और न ही कोई मैसेज। इन दो दिनों में उन्होंने वैशाली के चैनल से पता लगवा लिया था कि वहां सब कुछ ठीक नहीं चल रहा था। गलती अगर ब्यूरो चीफ की थी तो वैशाली भी कम ज़िम्मेदार नहीं थी। वैशाली ने कैमरामैन और वीडियो एडीटरों से उलझना शुरू कर दिया था। कुछ ने तो कहा कि वह सरजी के नाम पर धौंस जमाती है कि इतना बड़ा आदमी मुझे जानता है जो संपादक के साथ हर हफ्ते बैठकी करता है। यहां तक कि एक ड्राइवर तक ने शिकायत की थी कि मैडम ने एक बार कहा कि सीधे चलते चलो जब तक कहा न जाए। मैडम फिर मोबाइल में लग गई और ड्राइवर दाएं नहीं मुड़ा तो उसे सुना डाला कि एक शिकायत कर दी तो सड़क पर आ जाओगे।

खैर, वैशाली के कैरियर का सवाल था और सरजी नहीं चाहते थे कि वह बेवकूफी में कोई गलत कदम उठाए लिहाजा उन्होंने अपनी तरफ से ही सन्नाटा तोड़ने की कोशिश की।

"हेलो। कैसी हो। सब ठीक?"

"आपने मेरी सीवी फारवर्ड की?"

"नहीं, आजकल में..."

"कब करोगे। जब मैं मर जाऊंगी तब?"

सरजी ने सर पकड़ लिया।

"पलक से मिलने से फुर्सत मिले तो बंदा किसी और का काम करे।" वैशाली ने तंज़ कसा था। "बहुत जाने लगे हैं आप उसके पास। उस दिन शूट पर जा रही थी तो गाड़ी बाहर खड़ी थी। करीब छह घंटे बाद लौटी तो भी गाड़ी वहीं पार्क थी। एन्जॉय सरजी!"

अब सरजी क्या बताते कि छह घंटे क्या छह दिनों से गाड़ी पलक के पास थी। पलक की गाड़ी ठुक गई थी और वह इस उम्र में अजय के साथ मोटरसाइकिल पर रोमांस करने की बिल्कुल इच्छुक नहीं थी। इसलिए सरजी की गाड़ी अपनी सेवाएं वहां दे रही थी। अजीब गलतफहमियों का शिकार होती जा रही थी वैशाली और सरजी का गुस्सा उनकी खामोशी में तब्दील होता जा रहा था। सरजी जानते थे कि ऐसी गलतफहमियों और संशय का इलाज वक्त ही करता है। किसी से बहस करने का और अपने हिस्से का सच रखने का कोई फायदा नहीं अगर अगला आप में विश्वास ही खो दे। आपकी सुनना ही नहीं चाहे।

सरजी को वैशाली की बातों पर पहले गुस्सा आया, फिर हंसी आई और अंत में दुख हुआ। सरजी ने दुनिया देखी थी। चंद हज़ार रुपयों और छोटे छोटे स्वार्थों के चक्कर में दोस्ती टूटते देखी थी, रिश्तों को खत्म होते देखा था। उन्हें हैरत होती थी कि कैसे लोग काम निकालने के लिए जुड़ते हैं, भावनात्मक रिश्ते बनाते हैं और ज़रूरत पूरी होने के बाद कोई न कोई अनर्गल किस्म का आरोप

लगाकर अलग हो जाते हैं। मीडिया भी इससे अलग नहीं था। खासतौर से न्यूज़ चैनलों की दुनिया में तो स्वार्थ सबसे ऊपर ही था। अंत में सरजी इसी नतीजे पर पहुंचे थे कि ऑटो के पीछे लिखा ही अंतिम सच है।

सोचो, साथ क्या जाएगा।

सरजी को हमेशा यही लगता था कि छोटी-सी ज़िंदगी है जिसका जितना भला कर सकते हो करो। उन्होंने मौत को बहुत करीब से देखा था। कम से कम तीन बार तो वह खुद कवरेज के लिए जाते समय बाल-बाल बचे थे। एक दफे लुधियाना जाते समय उनके सामने-सामने उनके आगे जा रही ही आल्टो गाड़ी ट्रक ट्रोला से टकराई थी और उनके देखते ही देखते एक ही परिवार के सात लोग मारे गए थे। सुनामी में उन्होंने लाशों के ढेर देखे थे। पुलिस फायरिंग में मरे लोगों की लाशें थाने के बाहर पड़ी देखी थीं। प्रमोद महाजन को कैसे भाई ने ही मार डाला, पोंटी चड्ढा और उनके भाई आपस की गोलीमारी में मारे गए...सब कुछ यही धरा का धरा रह गया। सरजी को लगता कि लोग रिश्तों की अहमियत को क्यों नहीं समझते।

इन्हीं लोगों की श्रेणी में वैशाली भी शामिल हो गई थी। इसका सरजी को अफसोस था लेकिन वह दिल के हाथों मजबूर भी थे। वह चाहकर भी किसी का बुरा नहीं कर पाते थे। इतना सब होने के

बाद भी सरजी ने सीवी संपादक को फारवर्ड की और दफ्तर से बाहर निकल आए। बाहर आदित्य उनका इंतज़ार कर रहा था।

आदित्य का घर सरजी के घर के पास ही था। नोएडा से ट्रैफिक समय में एक घंटे से ज़्यादा ही लगता था। रास्ते में सरजी ने आदित्य को भरवां करेले की कहानी सुनाई। आदित्य चुपचाप सुनता रहा। आखिर वह भी ऐसे ही दौर से गुज़रा था। जिस अनु से वह शादी करना चाहता था उसके जीजा की भी झूठी शान के चक्कर में ही हत्या हुई थी और पूरा परिवार मानसिक संताप का शिकार हो गया था। आदित्य को कभी-कभी लगता था कि ऐसा नहीं हुआ होता तो शायद अनु घर से भाग कर उसके साथ शादी करने को तैयार हो जाती। पूरी कहानी सुनने के बाद आदित्य ने चाय पीने की इच्छा जताई थी। तब आदित्य ने सरजी को बताया था कि वैशाली रिपोर्टर ब्यूरो में अलग थलग-सी पड़ती जा रही है। कभी घर का तनाव उस पर हावी होता है तो कभी कहती है कि निर्भया रेप केस के बाद मचे इतने बड़े हो हल्ले के बाद भी अगर लोगों का नज़रिया लड़कियों के प्रति नहीं बदला है तो इसका मतलब यही है कि दुनिया रहने लायक नहीं बची है। आदित्य का यही कहना था कि या तो सरजी वैशाली के संपादक से एक बार अपने तरीके से बात कर लें या फिर किसी दूसरे चैनल में शिफ्ट करवा दें। अगर खुद के चैनल में हो जाता है तो इससे बड़ी राहत दूसरी नहीं होगी। गाड़ी से उतर कर आदित्य ने कहा था। सरजी, उसका आदित्य उसे कभी भी भरवां करेले खाने नहीं देगा। चाहे कुछ हो जाए।

वैशाली और आदित्य को क्या पता था कि वैशाली के घरवाले किस तरह उसकी घेरेबंदी में लग गए हैं।

अजय हुए अज़ीज़

पलक का खास शो चल रहा था। पलक विद पब्लिक। आज का मुद्दा फिर लव जेहाद था। शो में आम जनता भी ट्विटर या फोन से जुड़ती थी। मेरठ के एक गांव में एक मुस्लिम लड़के ने हिंदू बनकर एक हिंदू लड़की को अपने प्रेम जाल में फंसाया था। मामला खुलने के बाद तनाव फैल गया था। एक तरफ विश्व हिंदू परिषद और बजरंग दल मैदान में था तो दूसरी तरफ लड़के के पिता के सत्ताधारी दल में होने के कारण पुलिस पर भारी दबाव था। थानेदार ने लड़की का बयान न्यूज़ चैनलों को पढ़कर सुनाया था कि उसे लड़के की हकीकत पहले ही पता चल गई थी और उसने लड़के से दूरी बना ली थी। लड़का अपने बाप की शह पर उसपर दोस्ती जारी रखने का दबाव डाल रहा था। लड़की की नज़र में मामला लव जेहाद का न होकर मामूली छेड़खानी का ही था। पुलिस ने अपनी तरफ से ऐसा

बयान जारी कर मामले को शांत करने की कोशिश की थी लेकिन मीडिया में खबर छाई हुई थी।

पलक विद पब्लिक में भी एक तरफ हिंदू और दूसरी तरफ मुस्लिम संगठन थे। तीसरी तरफ महिला संगठन। गरमागरम बहस चल रही थी। दोनों अपने-अपने सांप्रदायिक एजेंडे को आगे बढ़ा रहे थे। महिला संगठन संविधान का हवाला देकर अपनी आज़ादी के तर्क दे रही थीं। पलक अपनी तरफ से हालांकि संतुलन बनाने की कोशिश कर रही थी लेकिन मुस्लिम उलेमा और महिलाएं एक तरफ होकर हिंदुत्व के प्रतिनिधियों पर हावी होने लगी थीं। जैसा कि आमतौर पर ऐसी बहसों में होता है कमज़ोर पड़ रहा पक्ष एंकर पर ही पक्षपात करने का, बोलने का मौका नहीं देने का या फिर दूसरों को ज़्यादा मौका देने का आरोप लगाता है। यहां भी ऐसा ही हुआ। पहले पलक पर महिला होने के नाते महिला संगठनों को ज़्यादा मौका देने का आरोप लगा और फिर बजरंग दल के एक नेता ने पलक से सीधे ही पूछ लिया: मान लीजिए, आपसे कोई मुस्लिम युवक हिंदू बनकर मिलता है और आगे चलकर आपको हकीकत पता चलती है तो आप क्या करेंगी।

पलक को तो तत्काल कोई जवाब नहीं सूझा लेकिन महिला संगठनों ने व्यक्तिगत स्तर पर उतरने की बात कह शोर मचाया और माफी की मांग की। बहस बीच में ही रोक देनी पड़ी। पलक मेकअप

रूम में अपना मेकअप उतार ही रही थी कि अजय अहलावत का फोन आया। वह गुस्से में था। उसका कहना था कि ऐसी फालतू की बहसों से चैनलों को बचना चाहिए। ये लोग दिमाग खराब करते हैं। इनका तो काम ही समाज को बांटना और आग लगाना है। पलक ने टाल दिया। दो घंटे की बहसे के बाद उसमें इतनी शक्ति नहीं बची थी कि वह अजय से नए सिरे से बहस करती। वह दफ्तर से निकल ही रही थी कि उसे याद आया कि टैब स्टूडियो में ही भूल गई है। स्टूडियो में न जाने क्यों उसे दीपक की याद आई। इसी एंकर की कुर्सी पर बैठी थी जब दीपक की हत्या की खबर आई थी। मोबाइल पर फिर घंटी। नए नंबर से कॉल था। पलक ने फोन उठा लिया।

"मैडम, बहस तो आपने ज़ोरदार की। लेकिन बजरंग दल नेता के सवाल का जवाब नहीं दिया।"

"आप कौन हैं? क्या जवाब चाहते हैं?"

"जवाब तो अपने अजय अहलावत से मांगना। वह भी मुल्ला है। अब्दुल नाम है और नोएडा के सेक्टर 70 में उसके पीजी चलते हैं। वैसे मालदार पार्टी है। बधाई।"

फोन कट चुका था। अब्दुल...सैक्टर 70...नोएडा...पीजी का मालिक...अब्दुल...सैक्टर 70। पलक के दिलोदिमाग में यही शब्द घूम रहे थे। पलक के आगे अजय अहलावत का चेहरा घूमने लगा। वह पहली मुलाक़ात...उर्दू शब्दों का प्रयोग...सबको सलाम

करना...कहना कि मदरसे में पढ़ा हूं...दिल्ली में मुस्लिम बहुल इलाके में रहना...फेसबुक पर ज़्यादा मुस्लिम दोस्त...घरवालों से मिलाने के सवाल पर कतराना...। पलक की समझ में कुछ नहीं आ रहा था। ऐसे में सिर्फ एक ही शख्स काम आ सकता था। सरजी।

"मनोज सुनो, भारी मुसीबत आ पड़ी है।"

पलक से पूरी बात सुनने के बाद सरजी ने उसे हिदायत दी कि भूलकर भी अजय को फोन नहीं करना, उसे भनक नहीं लगनी चाहिए कि ऐसा कोई फोन आया था। जब तक सत्यता की जांच न हो जाए। उसका फोन आए तो कह देना कि सर में दर्द है। अभी बात नहीं कर सकती।

सरजी ने नोएडा के अपने स्ट्रिंगर को सेक्टर 70 का पूरा पता दिया और पता लगाने को कहा। उसने खबर दी कि पीजी का मालिक अब्दुल नाम का ही आदमी है। पूरा नाम है अब्दुल कलाम अज़ीज़। लेकिन यह अब्दुल ही अजय है, इसका पता लगाना बाकी थी। पलक ने व्हाटस अप पर अजय की तस्वीर भेजी। सरजी ने उसे स्ट्रिंगर को फारवर्ड किया। एक घंटे बाद लगभग तय हो गया कि पलक के पास फोन ठीक ही आया था। तब तक पलक घर पहुंच चुकी थी। सरजी ने वैशाली को साथ ले लिया था और रास्ते में सारी बात बता दी थी।

पलक ने वैशाली को देख कर कहा, "मनोज, इतना गंभीर मामला

है और तुम इस बच्ची को ले आए।''

''अरे, बच्ची नहीं है, यह भी प्यार करने लगी है।''

''ओह, मुझे नहीं पता था कि यू बोथ आर इन लव। बधाई हो।'' इतने तनाव के बाद भी पलक तंज़ कसने से चूकी नहीं थी।

''हां, हम प्यार करते हैं। दरअसल हम नहीं हमारी रूहें एक दूसरे से मोहब्बत करती हैं। नाम कुछ भी हो सकता है मनोज या अजय, वैशाली या पलक।''

''प्लीज़ मनोज़। रूह नहीं, आत्मा बोलो, मुझे उर्दू से चिढ़ हो गई है।''

''हां पलक, मैं यह कह रहा था कि दो रूहें...माफ करना...दो आत्माओं का प्यार होता है। जिस्मों का नहीं। अब क्या फर्क पड़ता है कि वह अजय है या अब्दुल।'' सरजी ने समझाना शुरू किया तो वैशाली ने प्रशंसा भरी नज़रों से देखा। मानो कह रही हो कि आप तो शब्दों की खाते हैं सरजी।

''पर उस साले ने अपना नाम गलत क्यों बताया। अब्दुल बता देता तो क्या घिस जाता उसका?''

सरजी अगले आधे घंटे तक समझाते रहे। यही तय हुआ कि अजय अहलावत उर्फ अब्दुल कलाम अज़ीज़ को फोन मिलाया जाए। पलक और सरजी के नंबर उसके पास सेव थे लिहाजा वैशाली के मोबाइल से फोन किया गया। स्पीकर ऑन कर के। वैशाली ने

फोन मिलाया।

"हैलो।"

"सलाम।"

"वालेकुम सलाम।"

"मैं नाज़नीन हूं। क्या मैं अब्दुल कलाम अज़ीज़ साहब से मुखातिब हूं?"

"जी, नाचीज़ का नाम अब्दुल कलाम अज़ीज़ ही है। आपकी तारीफ मोहतरमा?"

पलक और सरजी ने आवाज़ पहचान ली। अजय और अब्दुल एक ही थे।

अब बारी पलक की थी। "साले कमीने, क्या समझते हो तुम...धोखा दोगे...तुम्हें शर्म नहीं आती...तुम जैसे लोग ही पूरी कौम को बदनाम करते हैं..." पलक उसे सुनाए जा रही थी। उस पार पूरी तरह खामोशी थी। पलक सुनाते-सुनाते थक गई। दोनों तरफ से चुप्पी थी।

"बोल चुकी तो अब बताओ करना क्या है।"

"तुम कहो।"

"निकाह...मेरा मतलब है कि शादी करनी है।"

"सोच लो फिर एक बार।"

"सोच लिया। तुम सोचो। तुम्हारा गुनहगार हूं मैं।"

सरजी बीच में कूदे। उन्हें यकीन नहीं हो रहा था कि मामला इस तरह सुलझ जाएगा। "तो ठीक है कलाम भाई मुहूर्त निकालते हैं।" रात के बारह बज रहे थे। वैशाली नाइट ड्यूटी की बात कह कर निकली थी। उसे डर था कि सुबह छह के बजाए रात को पीजी पहुंची तो कहीं पीजी मालकिन को शक न हो जाए और कहीं घरवालों से शिकायत न कर दे। वैशाली ने सरजी से पलक के यहां रुकने से इशारों ही इशारों में मना कर दिया था। सुनसान रास्तों पर सरजी कार भगाए जा रहे थे। वैशाली सोच रही थी कि जिस तरह से सरजी ने आज पलक अजय को मिला दिया उसी तरह वह आदित्य-वैशाली को भी एक कर देंगे। सरजी सोच रहे थे कि कहीं शादी के बाद पलक जैसी दोस्त को खो न दें। ज़ाहिर है कि मिलना-जुलना और इस बेतकुल्लफ अंदाज़ में शामें बिताना तो नहीं ही हो पाएगा।

"सरजी।"

"बोलो वैशाली।"

"मैं सोच रही थी कि पलक शादी के लिए इन्कार कर देती या फिर अजय ही पीछे हट जाता तो ज़्यादा ठीक रहता।"

"क्यों?"

"आप और पलक शादी कर लेते..."

सरजी कुछ नहीं बोले। वैशाली ने शीशे नीचे कर दिए थे। हवा

में उसके बाल सरजी के चेहरे तक पहुंच रहे थे। वैशाली सरजी के कुछ पास सरक गई ताकि बाल पूरी तरह से उनके चेहरे पर छा जाएं। सरजी ने गाड़ी की रफ्तार कम कर दी।

"अच्छा बताओ, ये ज़ुल्फें कैसी हैं?"

"मधुबाला जैसी हैं।"

"और मैं..."

"तुम मधुबाला हो।"

"किसकी मधुबाला?"

"मेरी मधुबाला।"

सुबह सरजी उठे तो वैशाली जा चुकी थी। टेबल पर एक कागज़ था। उसपर लिखा था।

बहुत खाली हो गई थी सरजी,
मैं भर गई
मैं तर गई
मैं जी गई
मैं मर गई।

वैशाली को क्या पता था कि उसकी खुद की ज़िंदगी में मोहब्बत में मरना लिखा था या मोहब्बत का मरना लिखा था।

मोदी या केजरीवाल

निर्भया केस अपनी गति से चल रहा था। कभी संसद में कोई सांसद इससे जुड़ा विवादस्पद बोल बोल देता तो चैनलों पर खबर चल जाती। बहस भी हो जाती। इस बीच निर्भया के घरवालों को नया फ्लैट मिल चुका था। भाई अपनी पसंद के कोर्स में जाने की मांग कर रहा था। ऐसे आरोप एक अखबार में छपे तो वैशाली के चैनल ने चटखारे लेकर चलाया। निर्भया का दोस्त भी सरकार से कुछ उम्मीद कर रहा था जो पूरी नहीं हो रही थी। दोस्त पर कुछ चैनल वालों को पैसा देकर एक्सक्लूसिव इंटरव्यू देने की बातें भी सामने आईं जिनका दोस्त ने खंडन किया था। कुल मिलाकर चैनलों पर खबरें कुछ इस अंदाज़ में चलीं जैसे हर कोई रेप की कीमत मांग रहा है। वैशाली ऐसी खबरें आधे अधूरे मन से कवर करती थी।

उधर पलक की शादी अब्दुल कलाम अज़ीज़ उर्फ अजय अहलावत से हो गई थी। उसका नया नाम रखा गया अजय अज़ीज़।

दोनों में तय हुआ था कि दोनों अपने अपने धर्म को मानते रहेंगे। हालांकि अज़ीज़ ने तो हिंदू धर्म अपनाने की भी पेशकश की थी। पलक का ज़्यादातर समय अजय अज़ीज़ के साथ ही गुज़रता था। सरजी के मैसेज आते रहते और कभी-कभी पलक टोक देती कि मनोज प्लीज़ समझो, अब शादी हो गई है। इतने मैसेज ठीक नहीं। तुम्हारी नीयत खराब नहीं हैं लेकिन कहीं अजय अज़ीज़ को शक न हो जाए। आखिर सारे मर्द शक्की और झक्की होते हैं।

सरजी मनमसोस कर रह जाते। वैशाली से बात करना चाहते तो उसका नंबर ज़्यादातर बिज़ी मिलता। कभी फोन उठाती भी तो बाद में शाम को फुर्सत से बात करने का वायदा कर फोन काट देती। सरजी खुद को अकेला और अलग थलग सा पाने लगे थे। चैनल की रेटिंग भी इस बीच गिरी थी और संपादकीय बैठकों का तनाव दिन भर एसाइनमेंट डेस्क से लेकर आउटपुट डेस्क और स्टूडियो में तैरता रहता था। दफ्तर की राजनीति अलग से थी जिसमें सरजी हाशिए पर पटक दिए गए थे। एक वक्त था कि संपादकीय बैठकों में वह बोलते तो सभी खामोशी और संजीदगी से उन्हें सुनते थे लेकिन अब मुंह खोलते ही विरोधी गुट टोकाटाकी करने लगता था। सरजी को लगता कि उन्हें अपनी पुरानी पार्टी बीजेपी के संपर्क सूत्रों को फिर से ज़िंदा करना चाहिए और नरेन्द्र मोदी के साथ जुड़ जाना चाहिए। यहां बात नहीं बनती है तो अरविंद केजरीवाल के साथ भी जाया जा सकता है। आखिर मनीष सिसोदिया तो उनके ही मीडिया परिवार का है।

अचानक माहौल फिर गरमा गया था। निर्भया के साथ रेप करने

वालों पर रेप के साथ-साथ हत्या का भी आरोप लगा था और फास्ट ट्रैक कोर्ट ने सज़ा की तारीख तय कर दी थी। 13 सितंबर। पूरा देश उस दिन का इंतज़ार करने लगा था और चैनलों ने विशेष तैयारियां करनी शुरू कर दी थीं। वैशाली में भी जैसे नया जोश आ गया था। वह सरजी से पूछती कि किस तरह की स्टोरीज़ अब की जा सकती हैं, कैसे अपनी रिपोर्टिंग की धार को तेज़ कर सकती है और क्या-क्या नई चीज़ें जोड़ सकती है। उसने अपनी पुरानी सारी कवरेज को नए सिरे से जोड़-तोड़ कर एक घंटे का विशेष शो बनाया था जिसकी तारीफ भी हुई थी। वैशाली अक्सर कहती कि सबको फांसी की सज़ा होगी लेकिन सिर्फ सज़ा सुनाई जानी चाहिए। इतनी जल्दी फांसी पर नहीं चढ़ाया नहीं जाना चाहिए।

"मैं चाहती हूं कि साले बरसों तक फांसी के इंतज़ार की दहशत में जीते-जीते मरते रहें। हर पल निर्भया उनके आगे पीछे आती रहे। हाथ में फांसी का फंदा लेकर। कभी गले में फंदा डाले और धीरे-धीरे कसने लगे। जब लगे कि लोग मरने वाले हैं तो फंदा ढीला कर दे। फिर फंदा गले में डाले, फिर कसे और फिर ढील दे दे। यह सिलसिला एक सिलसिले की तरह चले।"

वैशाली को गुस्सा आता कि नाबालिग तीन साल बाद आज़ाद होकर दिल्ली की सड़कों पर घूम रहा होगा। वैशाली ने निर्भया के हत्यारों को फांसी होने की सूरत में सरजी और आदित्य को बड़ी पार्टी देने का वायदा किया था। उसका कहना था उस दिन वह भी वोदका चखेगी। एक दिन वैशाली ने सरजी से कहा कि आदित्य पलक और अजय अज़ीज़ से मिलना चाहता है।

पलक के घर जमावड़ा लगा था। सरजी, वैशाली, आदित्य के आलावा पलक और अजय के दो तीन दोस्त पत्नी के साथ मौजूद थे। गप्पबाज़ी के बीच शराब का दौर भी चल रहा था। वैशाली वोदका के तीन पैग बना लाई। आदित्य और सरजी को पैग थमाए और तीसरा हवा में लहराया। चीयर्स। चीयर्स आदित्य...चायर्स सरजी। आज हो ही जाए।

"लेकिन कोर्ट के फैसले का तो इंतज़ार करना चाहिए था।"

"सरजी, कल किसने देखा है। कल हो न हो। तो जो आज हो जाए वही ठीक।"

आदित्य तो चुप रहा लेकिन सरजी ने वैशाली की आंखों में झांका। पिछले तीन सालों से आंखों की उस जोड़ी की एक-एक हरकत पहचानने लगे थे। आंखों को शरमाते हुए, हंसते हुए, रोते हुए, छेड़ते हुए, न छिड़ते हुए, रुठते हुए, मनाते हुए, गरजते हुए, गुस्सा करते हुए, माफी मांगते हुए देखा था। लेकिन पहली बार आंखों में डर दिख रहा था। वैशाली सरजी की नज़रों को ताड़ गई थी। आदित्य को अन्य मेहमानों ने तस्वीरें खींचने बुला लिया था और वैशाली सरजी के पास चली आई थी।

"सरजी, डर नहीं रही हूं...सब ठीक हो जाएगा। आदित्य तो बेकार में ही डरता है और मुझे भी डराता है। वह अनु की जुदाई के गम से उबरा नहीं है।"

"तुम कुछ छुपा तो नहीं रही वैशाली।"

"नहीं सरजी, आपकी वैशाली ने आपसे कभी कुछ नहीं छुपाया। आप के सामने खुली किताब हूं जिसका पन्ना-पन्ना पढ़ चुके हैं

आप। आपका कर्ज़ ज़िंदगी भर मुझ पर रहेगा...मैं कर्ज़ उतारूंगी भी नहीं...इसी कर्ज़ के साथ जीना और इसी कर्ज़ के साथ मरना चाहती हूं।''

वैशाली ने अचानक झुककर सरजी के पैर छू लिए थे और सरजी ने उसका माथा चूमा था। इसके बाद सब कुछ बेहद ड्रामाई अंदाज़ में हुआ। इतने ड्रामाई अंदाज़ में कि सरजी जैसा पत्रकार भी इसकी थाह नहीं ले सका।

सरजी सुबह वर्जिश कर रहे थे तभी वैशाली का फोन आया था। उसने बताया था कि पीजी के बाहर उसके भाई खड़े हैं। लेने आए हैं। कह रहे हैं कि बहन की शादी अचानक तय हो गई है। आज शाम ही सगाई है और चार दिन बाद शादी।

''लेकिन चार दिन बाद तो निर्भया केस का फैसला आना है। तुम कैसे जा सकती हो इसे छोड़कर...''

''यही तो सोच रही हूं कि आज चली जाती हूं। सगाई में। उसके बाद घरवालों से कहूंगी कि मेरी पत्रकारिता की ज़िंदगी का सबसे महत्वपूर्ण दिन होगा 13 सितंबर। निर्भया केस के फैसले का दिन। चली आऊंगी उस दिन। शादी तो रात की है। निर्भया का फैसला तो सुबह आना है। तीन चार बजे तक हम रिपोर्टरों को चैनल पर जगह मिलेगी फिर तो आप जैसे ज्ञानी लोग स्टूडियो में बहस करते दिखेंगे। आप अपनी गाड़ी से छुड़वा देना उस दिन। ड्राइवर बुलवा लेना। तीन घंटे गें घर पहुंच जाऊंगी।''

''जैसा तुम ठीक समझो।''

''ओके, बाय। चलती हूं। बार-बार भाई हॉर्न बजा रहे हैं। आप

आदित्य को समझा देना। कह देना कि उस दिन कोर्ट के बाहर ड्यूटी मेरे साथ ही लगवाना।''

सरजी ने आदित्य को बताया तो उसे भी हैरानी हुई। देर शाम आदित्य का फोन आया कि वैशाली का फोन लगातार बंद आ रहा है। सरजी ने समझा दिया कि इश्क़ में इतनी भी बेसब्री ठीक नहीं। घर पर बहन की सगाई है। उसी में व्यस्त होगी। उन्होंने आदित्य को तो समझा दिया पर वैशाली का देर रात तक कोई मैसेज नहीं आया तो उन्हें कुछ चिंता हुई। ऐसा पहले कभी नहीं हुआ था। जब भी दोनों में से कोई शहर से बाहर जाता तो एक दिन में कम से कम दो बार तो बात हो ही जाती थी। चाहे फोन हो या मैसेज। बहुत सोच विचार के बाद सरजी ने मैसेज भेजा।

''आशा है कि दीदी की सगाई का कार्यक्रम अच्छे से पूरा हो गया होगा। पूरे परिवार को शुभकामनाएं।'' पांच मिनट बाद ही वैशाली का जवाब आया: ''जी, सब ठीक है।'' सरजी ने आदित्य को मैसेज फारवर्ड किया और बत्ती बुझा दी।

सगाई के अगले ही दिन सुबह दुल्हन का हल्दी उबटन लगाने की रस्म थी। पंडितजी भी बुलाए गए थे और दो चौकियां लगाई गई थीं। एक में बहन बैठी और मां ने दूसरी पर वैशाली को जबरन बिठा दिया गया। मां ने कहा कि शहर में रहकर चेहरे की सारी रौनक चली गई है, गोरा रंग फीका पड़ गया है। हल्दी-उबटन से फायदा होगा। मां ने कुछ इस लाड में कहा कि वैशाली इन्कार नहीं कर सकी। करीब घंटे भर की रस्म के बाद दोनों बहनें नहाने गई। वापस आई तो शादी के दो जोड़े पड़े हुए थे। वैशाली चौंकी। बहन ने कहा कि

दोनों उसी के हैं। फिर उसने चुटकी ली कि वैशाली चाहे तो साथ-साथ उसके भी फेरे करवाए जा सकते हैं। दूल्हे का भाई तो वैशाली को देखने के साथ ही बावला हो गया है।

वैशाली कुछ बोलती इससे पहले ही चचेरी मौसेरी बहनें मुंह दबा कर हंसने लगीं। इतने में मां और मौसी कमरे में आईं और बाकियों से चले जाने को कहा। मौसी ने दरवाज़ा बंद किया और मां ने ब्रेकिंग न्यूज़ दी थी वैशाली की आज शाम सगाई है। सगाई दूल्हे के चचेरे भाई के साथ है और बहन के साथ ही दो दिन बाद शादी है। वैशाली ने शादी का जोड़ा ज़मीन पर फेंका। मौसी ने तमाचा रसीद किया। मां ने दरवाज़ा खोला और वैशाली को घसीटते हुए चौक में ले आई। वहां वैशाली के पिता, ताऊ, मौसा, चचेरे मौसेरे भाई और मामा मौजूद थे।

"देखो बेटा, दूल्हे मनीष का चचेरा भाई संजीव भारतीय विदेश सेवा में है। इस समय लंदन में है। शादी में आया था। कल सगाई में तुझे देखा और पसंद कर लिया।" मामा ने बात शुरू की।

ताऊ ने बात आगे बढ़ाई, "संजीव को दस दिन बाद लंदन वापस जाना है। इसलिए चट मंगनी पट ब्याह की बात कर रहा है। तेरे भाग्य खुल जाएंगे और हमारे कुछ पैसे भी बच जाएंगे।"

"लेकिन मुझे नहीं करनी अभी शादी। मुझे अपना कैरियर बनाना है। अभी तो कुछ कर दिखाने का मौका मिला है। कम से कम एक साल तो..."

मौसी ने बीच में टोका, "तेरे भाग्य अच्छे हैं कि इतने बड़े ओहदे का आदमी तुझे खुद पसंद कर रहा है। बिना दहेज के शादी कर रहा

है। पूरी दुनिया घूमेगी छोटे से भैंसी गांव की वैशाली। मान जा बेटी। इसी में तेरी और पूरे परिवार की भलाई है।''

''भलाई है मतलब...मैंने ऐसा क्या किया है?''

अब चाचा की बारी थी। ''हमारा मुंह मत खुलवा। वैसे ही तू खाप के खिलाफ जाकर हमारी बहुत बदनामी करवा चुकी है। मुश्किल से पंचों को मनाया है और तेरी बहन का रिश्ता हो सका है।''

''चाचा, खाप किसी रिपोर्टर, वह भी लड़की को मारे तो ठीक? मैं बचाने जाऊं तो गलत? क्या समझते हैं खाप के नेता? हुक्का गुड़गुड़ाने से फुर्सत मिले तो समाज के बारे में भी सोचें।'' वैशाली का गुस्सा उबाल पर था।

''बेटा, अब इस बहस में कुछ नहीं रखा। जो हम कह रहे हैं वह तू मान ले। तेरे भले के लिए ही हम कह रहे हैं।'' पिता ने बोलने के साथ ही खांसना शुरू कर दिया।

''मेरा भला क्या है, किसमें है खूब समझती हूं मैं। बच्ची नहीं हूं। 27 साल की हो चुकी हूं। मुझे नहीं करनी शादी वादी। मैं वापस जा रही हूं नोएडा। और अबके तो पक्का कभी वापस नहीं आऊंगी।'' वैशाली जाने लगी तो भाई ने बाल पकड़ कर झिझोंड़ दिया था।

''तू नोएडा में किसका भला कर रही है, हम सब जानते हैं। यह आदित्य कौन है जिसके साथ घूमती-फिरती है? सरजी से तेरा क्या रिश्ता है जिसके घर जाती रहती है?'' भाई दहाड़ा था।

''ओह तो यह बात है। मेरी जासूसी करवाते रहे हो तुम सब? शर्म नहीं आती जवान बेटी की जासूसी करवाते?'' वैशाली भड़की तो

एक भाई ने उसके हाथ से मोबाइल छीन लिया और पीठ पर धौल जमा दी। वैशाली की सांस उखड़ने लगी, मुंह से पानी निकला और वही ज़मीन पर बैठ गई। पिता को दमे का दौरा पड़ा था और उनके फेफड़े बजने लगे थे।

"बाप मर रहा है लेकिन तुझे किसी की फिक्र नहीं। इनको देख...तेरी ही मौसेरी चचेरी-बहने हैं। अगर तूने उस लड़के के साथ कुछ कर लिया तो सारी ज़िंदगी घर बैठी रहेंगी यह सब।" मां ने भावुकता का कार्ड खेला था।

खैर, कभी पिटाई का दौर चला तो कभी समझाने का। वैशाली बचने का रास्ता निकालने में लगी थी। यह रास्ता पिता के प्रस्ताव से मिला।

"बेटा तुझे पत्रकारिता ही करनी है तो कौन रोकता है। शादी के बाद कर लेना। लंदन में, वह क्या कहते है बीबीसी लंदन में। हम भी देखेंगे वैशाली को सीधे लंदन से रिपोर्टिंग करते हुए। वैशाली मल्लिक, बीबीसी न्यूज़, लंदन।"

पहली नज़र में आइडिया बुरा नहीं था। वैशाली तेज़ी से मन ही मन फैसले ले रही थी। एक तरफ भरवां करेले की तरफ बढ़ते घरवाले जिसमें आदित्य की जान जानी तय थी तो दूसरी तरफ विदेशों में जिंदगी बिताने का सुनहरा मौका। वैशाली आदित्य से प्यार तो करती थी लेकिन प्यार से ज्यादा वह आदित्य को चाहती थी फेसबुक के लाइक की तरह। उसे सरजी की चिंता ज्यादा थी जिनके साथ वह बहुत भावनात्मक रूप से गहराई से जुड़ गई थी। इसके साथ ही वैशाली को लगने लगा था कि वह सरजी की छाया बनती

जा रही है। सरजी उसकी रोज़मर्रा की ज़िंदगी के हर फैसले पर हावी होने लगे थे। वैशाली समझने लगी थी कि यह रिश्ता प्रोफेशन में तो उजाला कर रहा है लेकिन इमोशनली एक ऐसी अंधेरी सुरंग की तरफ धकेल रहा है जहां से वापसी दोनों को ही तोड़ देने वाली होगा। अब वह इस ज़िंदगी से मुक्त होना चाहती थी। वह समझने लगी थी कि इसी में उसकी और सरजी की भी भलाई है। वैसे भी रिपोर्टिंग के लिए भागदौड़ करते-करते वह कुछ कुछ उकताने लगी थी। दरअसल वैशाली सरजी के अहसानों के तले खुद को इस कदर दबा हुआ महसूस करने लगी थी कि उसे लगता था कि कैरियर में आगे बढ़ने के लिए सरजी की आगे भी मदद ली तो वह खुद ही समर्पण न कर बैठे। वैशाली ऐसी किसी भी संभावना से बचना चाहती थी और शादी के प्रस्ताव में उसे बच निकलने का रास्ता दिख रहा था।

''ठीक है, मैं सरजी से बात कर लेती हूं। भाई, मेरा मोबाइल देना।''

''सरजी न हो गया, बाप से बढ़कर हो गया।'' मां बड़बड़ाई।

''बाप से बढ़कर तो नहीं है लेकिन दिल्ली में संभाला है। वह न होते उस घटिया चैनल में घुट-घुट कर मर चुकी होती। आज वैशाली की इज़्ज़त है, चार लोग पहचानते हैं और 60 -70 हज़ार तनख्वाह मिलती है तो उसकी वजह सरजी ही हैं। पापा का ट्रांसफर जब ऐसे गांव में हो गया था जहां पहुंचने के लिए तीन-तीन बसें बदलनी पड़ती थीं तो सरजी ने ट्रांसफर कैंसिल करवाया था और भाई तू भूल गया कि तेरा स्पेशल कोटे में एडमिशन किसने करवाया था तब तू कितना पीछे पड़ा था। दीदी, तेरे सरजी से प्लीज़ कह दो। प्लीज कह

दो। बात करने चले हैं अब।''

वैशाली बड़बड़ाती हुई कमरे में चली आई। उसने सरजी को पूरी कहानी सुनाई और पूछा कि क्या लंदन में उनके चैनल में कोई जगह है। उसे बताया गया कि एक लड़की रखी थी जो ढंग से काम नहीं करती है और चैनल विकल्प देख रहा है। वैशाली चहकी। ''सरजी वहीं लंदन में रखवा दो। लंदन क्या पूरा यूरोप कवर कर लूंगी।''

सरजी चौंके। ''यह क्या कह रही हो। आदित्य का क्या होगा। डरो मत खाप-वाप से। हम इनके बाप हैं। हरियाणा का डीजीपी अपनी जान-पहचान का है। तुम बिंदास करो आदित्य से शादी। पुलिस की पूरी सुरक्षा में रहोगे दोनों। मैं गारंटी देता हूं।''

''सरजी, आपका प्रवचन सुनने के लिए फोन नहीं किया है। अपना फैसला सुनाने के लिए फोन किया है। लंदन में रिपोर्टर बना सकते हो तो ठीक...'' वैशाली ने फोन काट दिया।

सरजी सन्न थे। उन्होंने कुछ देर सोचा और फिर वैशाली को लंबा मैसेज भेजा। इसमें आदित्य से ही शादी करने और डीजीपी दोस्त के रहते डर दिमाग से निकाल देने की बात कही गई थी। दरअसल सरजी यकीन ही नहीं कर पा रहे थे कि निर्भया केस से लेकर खाप की पंचायत मज़बूती से कवर करने वाली वैशाली इतनी कमज़ोर निकलेगी। उन्हें लगा कि वैशाली उनकी परीक्षा ले रही है, जान-बूझकर शादी के लिए तैयार होने और लंदन जाने की बात कर रही है। सरजी ऐसा सोच रहे थे तो इसकी एक वजह भी थी। खाप पंचायत की कवरेज के समय उन्होंने ही वैशाली से अपनी जाति छुपाए रखने को कहा था। बाद में वैशाली ने कोसा था कि अगर

वह जात छुपाती तो उसे न तो शोहरत मिलती न ही प्रमोशन। सरजी को लगा कि आज भी उन्होंने शादी का समर्थन कर दिया तो उनको डरपोक और कायर समझा जाएगा।

सरजी का मैसेज वैशाली के भाई के हाथ पड़ गया। वैशाली को फिर पीटा गया। घरवालों को लगा कि वह ऊपर से शादी के लिए तैयार होने का नाटक कर रही है और अंदर ही अंदर सरजी सारी खिचड़ी पका रहे हैं।

"अरे यह कैसा गाइड फिलास्फर है तेरा सरजी। सच्चा गाइड होता तो खुश होता कि हरियाणा के छोटे-से गांव की लड़की लंदन जा रही है जहां बीबीसी में रिपोर्टर बनाने में तेरी मदद करता। उल्टे उस लड़के से शादी के लिए भड़का रहा है। साला..."

सरजी के मोबाइल पर वैशाली का मैसेज था। "क्यों मेरे भाइयों से पिटवाते हो, क्यों मेरा कैरियर तबाह करते हो, मेरे लिए कुछ खास तो कर पाए नहीं और कुछ बनने जा रही हूं तो टांग अड़ा रहे हो?"

सरजी ने मैसेज की भाषा और कंटेंट पर एतराज किया तो जवाब आया। "बुड्ढे साले...तुझको तो हम छोड़ेंगे नहीं। क्यों अपने हाथ-पैर तुड़वाना चाहता है बुड्ढे? तेरा हम वह हाल बनाएंगे कि रूह भी कांप उठेगी। आगे से मैसेज मत करना इस नंबर पर साले..."

सरजी के हाथ से मोबाइल छूटते-छूटते बचा। वह बार-बार मैसेज पढ़ते और परेशान हो जाते। वह समझ नहीं पा रहे थे कि मैसेज वैशाली का भाई कर रहा है या वैशाली खुद भाई बनकर मैसेज कर रही है। दरअसल एक भी वर्तनी की, मात्रा की गलती नहीं थी। बिंदी भी ठीक जगह लगी थी और नुक्ते भी लगाए गए थे। तय था कि

वैशाली ही भाई बन कर मैसेज कर रही थी।

सरजी फ्लैश बैक में चले गए। पहली मुलाक़ात, हर तरीके से मदद, नौकरी लगवाने से लेकर नौकरी बचाने तक, कॉपी लिखना-सिखाना, पीटीसी बताना, स्टोरी आइडिया देना। सबसे बड़ी बात कि इमोशनल सहारा देना। वैशाली को टूटने से बचाना, हर मुश्किल वक्त में साथ खड़े होना। सरजी को याद आया कि किस तरह ऑफिस पॉलिटिक्स से परेशान होकर वैशाली परेशान होती थी, उनके कंधों से लगकर रोया करती थी। सरजी कैसे उसे लड़ने के लिए मोटीवेट करते थे और बीच का रास्ता निकालते थे। कैसे पीजी पहुंचकर वैशाली "थैंक यू सो मच, आप का अहसान कभी नहीं भूल पाऊंगी, आप मेरी ज़िंदगी में नहीं आते तो मेरा क्या होता" जैसे मैसेज किया करती थी। सरजी सोच रहे थे कि मुफ्त ही बदनाम हुए। अंत में क्या मिला। गाली, धमकी, जिल्लत, अपमान, तिरस्कार, तू-तड़ाक...

सरजी को याद आया कि किसी ने फेसबुक पर लिखा था...ऑल वार्म रिलेशंस हैव कोलडस्ट। सरजी ने फैसला किया कि गाली-गलौज के मामले में चूंकि वह मुकाबला नहीं कर सकते लिहाज़ा खामोशी ही उनका जवाब होगा। वैसे भी अगर कोई रिश्ता तोड़ने का इकतरफा फैसला कर ले तो दूसरा कर भी क्या सकता है। दूसरा फैसला किया कि आदित्य को कुछ नहीं बताएंगे। गरम खून है न जाने क्या कर बैठे। लेकिन उन्हें क्या पता था आदित्य तो फैसला ले चुका था।

कमरों में घर की तलाश

सभी टीवी चैनलों पर प्रोमो चलने शुरू हो गए थे।

निर्भया पर फैसले में 24 घंटे बाकी। देखिए निर्भया केस पर महाकवरेज।

फैसले में 23 घंटे बाकी। निर्भया केस के पल पल की खबर।

निर्भया केस में 22 घंटे बाकी। चार रिपोर्टर बताएंगे ग्राउंड ज़ीरो से। स्टूडियो में होंगी हस्तियां।

निर्भया केस में 21 घंटे बाकी। सबसे पहले, सबसे तेज़, सबसे सटीक कवरेज।

सरजी को लग रहा था कि फैसला तो आ चुका है। वैशाली फैसला सुना चुकी है और अब निर्भया का नाम बदलकर गुड़िया रख दिया जाना चाहिए। एक ऐसी गुड़िया जिसका अपना कोई वजूद नहीं। देर रात वैशाली का मैसेज आया था।

''सरजी, मेरे मरने से बात खत्म हो जाती तो मुझे क्या बुरा था

मरना। लेकिन आदित्य को मरना पड़ता। घरवाले उसे छोड़ते नहीं। इसलिए खुद मर रही हूं शादी करके...सात समुंदर पार लंदन जाकर...आप सबसे दूर...मुझे माफ कर देना।''

सरजी ने वैशाली को माफ कर दिया। बल्कि खुद भी माफी मांग ली। लिखा कि अनजाने में कही गई किसी बात से अगर दिल दुखा हो तो उसके लिए हज़ार बार माफी मांगता हूं।

निर्भया पर आज फैसला आना था। सभी चैनलों पर कवरेज की खास व्यवस्था की गई थी। अदालत के अंदर एक रिपोर्टर, अदालत के बाहर एक रिपोर्टर, निर्भया के घर एक रिपोर्टर, निर्भया के गांव एक रिपोर्टर, उस बस के पास एक रिपोर्टर जिसमें रेप हुआ था, महिला मामलों के मंत्रालय के मंत्री के बाहर एक रिपोर्टर, केजरीवाल के घर के बाहर एक रिपोर्टर, कांग्रेस बीजेपी दफ्तरों के बाहर एक रिपोर्टर...। स्टूडियो में महिला प्रतिनिधि, वकील, समाजशास्त्री।

सुबह छह बजे से ही लाइव कवरेज शुरू हो गई थी। किसका रेप हुआ, कैसे रेप हुआ, किसने रेप किया, कहां रेप किया, कैसे लोग सड़कों पर उतरे, कैसे नाबालिग रेपिस्ट को लेकर बहस छिड़ी, जस्टिस वर्मा आयोग की सिफारिशों पर कब होगा अमल, रेप केस के आरोपी क्यों बच निकलते हैं, एविडेंस एक्ट में बदलाव की ज़रूरत क्यों, महिला आयोग को अधिकार क्यों नहीं मिलते। और अंत में...निर्भया के रेप और हत्या के लिए आखिर ज़िम्मेदार कौन। बहस दर बहस जारी थी। एंकर कभी सवाल करते, कभी पैकेज दिखाते, कभी पुरानी तस्वीरें दिखाई जातीं। बहस में महिला प्रतिनिधि समाज और नेताओं को दोष देते जो राजनीतिक संरक्षण देते हैं। विपक्ष का नेता सत्ता पक्ष

पर रेप हत्या को थोपता। समाजशास्त्री बताते कि कैसे पूरे समाज का ही पतन हो रहा है। वकील रेप कानून में बदलाव की बात करते। सरजी को लग रहा था कि निर्भया के साथ फिर रेप हो रहा है। गैंग रेप। पूरा भारत इसमें शरीक है एक तमाशाई के रूप में।

सरजी अपने चैनल के स्टूडियो में बैठे थे। आदित्य अदालत के बाहर कैमरे के साथ तैनात था। सरजी को पता था कि वैशाली की शादी आज हो रही है। आदित्य को भी हल्की-हल्की भनक थी। वह बस एक बार वैशाली से बात करना चाहता था लेकिन संपर्क हो नहीं रहा था। थककर उसने मैसेज किया। एक बार बात तक नहीं कर सकती। याद नहीं खाप पंचायत कवरेज में मैंने तुम्हारी जान बचाई थी। जवाब आया। जान बचाने के लिए एक बार फिर शुक्रिया। आगे सरजी ने तुमको बता ही दिया होगा। मेरी शादी हो रही है और मुझे अब किसी से कोई बात नहीं करनी है। आगे से न मैसेज करना और न ही फोन। प्लीज़ समझने की कोशिश करो और मुझे भूल जाओ।

आदित्य को तगड़ा झटका लगा। वैशाली को फोन मिलाया तो उसने नंबर ही ब्लाक कर दिया। सरजी को फोन लगाया तो ''लाइव हूं, ब्रेक में बात करता हूं'' मैसेज आया। ब्रेक में समझाने की कोशिश की। ''देखो, दुनिया ऐसे ही चलती है। दुनिया को ऐसे ही चलने दो। कौन याद रखता है अंधेरे वक्त के साथियो को, सवेरा होते ही चिराग बुझा देते हैं लोग। हर तरह के लोग मिलते हैं। जिसका जितना साथ मिला उसे उतने में ही पूरा मानो। अधूरा मान कर याद करते रहोगे, फरियाद करते रहोगे तो तो खुद अधूरे रह

जाओगे, हाशिए पर छूट जाओगे और दुनिया आगे बढ़ जाएगी। यही तय हुआ था। यही होना भी है। न था कुछ तो खुदा था, न होता कुछ तो खुदा होता।''

आदित्य ने बकवास कहते हुए फोन काट दिया। सरजी को लगा कि आदित्य कुछ गड़बड़ न कर दे।

फैसला आने में सिर्फ पंद्रह मिनट बाकी थे। आदित्य को पीसीआर से कमांड मिली कि अगले एक मिनट में लाइव चैट के लिए उसके पास आ रहे हैं। फोकस आउट हो रहा है। टच फोकस। यानी रिपोर्टर के चेहरे का पूरा क्लोज़ अप लेकर फिर उस धुंधले चेहरे पर फोकस सेट किया जाए ताकि चेहरा सही सही दिखे। आदित्य ने भरे मन से टच फोकस किया। अचानक उसे लगा जैसे वैशाली कह रही है कि आदित्य मेरे बाल ठीक है न...मैं ठीक लग रही हूं न। बेवफा कहीं की। आदित्य मन ही मन बड़बड़ाया और फोकस सेट करने लगा। फिर आवाज़ आई। आदित्य मेरे बाल ठीक तो है। बताते क्यों नहीं। आदित्य ने पहले कैमरे की लेंस से देखा और फिर नज़रें उठाई। सामने वैशाली ही थी। हां उसकी वैशाली। हाथ में माइक लेकर खड़ी थी। आदित्य कुछ कहता इससे पहले ही कान में एंकर की आवाज़ आई। अब हमारे साथ हैं हमारी संवाददाता वैशाली मल्लिक। वैशाली लगातार निर्भया केस को फॉलो करती रही हैं। तो वैशाली ।

आदित्य बहुत बहुत खुश था। उसने देखा कि वैशाली के हाथों में मेहंदी लगी है। सोने की चूड़ियां उसने पहन रखी हैं और हल्दी उबटन लगा चेहरा चमक रहा है। वैशाली धड़ाधड़ बोलती जा रही

है। आदित्य ने दस बीस सेंकड की उसकी क्लिप अपने मोबाइल पर बनाई और सरजी को व्हाट्सएप कर दी। आदित्य तो अब इंतज़ार था एक ब्रेक का ताकि वह वैशाली से बात कर सके लेकिन लंबा लाइव चला और उसके बाद फैसला आ गया। निर्भया के साथ रेप और हत्या करने वालों को फांसी की सज़ा। अगले दो घंटों तक वैशाली लाइव थी या फिर स्टैंड बाई पर जब आदित्य उससे बात नहीं कर सकता था। बीच-बीच में आदित्य वैशाली को कभी पानी देता तो कभी चॉकलेट। वैशाली के साथ कभी वकील लाइव कर रहे होते तो कभी वैशाली वहां आई जनता से उनकी प्रतिक्रिया पूछ रही होती। वैशाली पूरी तरह से अपने काम में डूबी हुई थी।

दो घंटे बाद आधे घंटे का ब्रेक मिला। "बहुत भूख लगी है" वैशाली ने कहा और आदित्य के बैग से उसका टिफिन निकाला। अंदर पेपर रैप में लिपटे दो परांठे थे। "आदित्य तुम मेरा कितना ध्यान रखते हो," वैशाली ने कहा और परांठे खाने ही वाली थी कि आदित्य ने उसके हाथ से परांठे छीन कर पास के डस्टबिन में डाल दिए। आदित्य ने फिर वहां से भी परांठे निकाले और मिट्टी खोद कर उसमें गाड़ने लगा। वैशाली ने परांठे छीन लिए। परांठे के अंदर भरवां करेले थे।

"वैशाली, करेलों में ज़हर है। मैंने तय कर लिया था कि फैसला आने के साथ ही तुमको आखिरी बार याद करूंगा और ये परांठे खा कर जान दे दूंगा।"

आसपास काफी लोग थे लेकिन वैशाली ने आदित्य के हाथों को अपने हाथों में लेते हुए भर्राए हुए लफ्ज़ों में कहा, "आदित्य,

हम दोनों में से किसी को भरवां करेले खाकर जान देने की ज़रूरत नहीं पड़ेगी। हम दोनों जिंदा रहेंगे और खुश भी रहेंगे।''

वैशाली भी उन पर मिट्टी डालने लगी। उसने सरजी को शाम को मिलने का मैसेज छोड़ा और फिर लाइव लाइव का खेल शुरू हो गया।

आदित्य और वैशाली शाम को ही फ्री हो गए थे। सरजी के आने में अभी देरी थी और दोनों सरजी के घर में बैठे उनका इंतज़ार कर रहे थे। वैशाली ने तब बताया था कि कल देर रात उसने अपने होने वाले पति संजीव को फोन किया और सारी कहानी बताई। आदित्य और सरजी के बारे में भी बताया। वैशाली ने संजीव से कहा कि वह शादी करने को तैयार है। बस उसकी इच्छा संजीव को अपनी अंतिम रिपोर्टिंग दिखाने की है। निर्भया रेप केस के फैसले की रिपोर्टिंग। अगली सुबह संजीव घर आया और घरवालों को समझाने के बाद वैशाली को अदालत के बाहर छोड़ गया।

सरजी ने ब्रेक में आदित्य का व्हाट्सएप देखा तो उछल पड़े थे। पीसीआर में दूसरे चैनलों के साथ-साथ वैशाली का चैनल भी ट्यून था। वैशाली को देख कर सरजी को तसल्ली हुई। इतने में फैसला आ गया और उन्हें स्टूडियो भागना पड़ा। सरजी को लगा था कि वैशाली अब वापस आई है तो आदित्य से शादी करने के इरादे से ही आई है, खाप के डर को पीछे छोड़ कर आई है। सरजी को अब जान-पहचान वाले पुलिस अधिकारी को तैयार रहने को कहना था कि एक जोड़े को सुरक्षा देनी है।

देर शाम की प्राइम टाइम बहस में तो सरजी ने सभी को धो डाला

था। वह बता रहे थे कि कैसे निर्भया केस देश में नई चेतना लाने में कामयाब हुआ है, कैसे खाप जैसी जातिगत पंचायतें भी बदलने लगी हैं, कैसे महिलाओं में नई उर्जा आई है। बस ज़रूरत है इस लौ को जलाए रखने की। यहां पुलिस पुख्ता सबूत जुटाए, रेप करने वालों को राजनीतिक संरक्षण मिलना बंद हो, अदालतें तुरंत फैसले करें, कड़ी सज़ा दें, लोगों में कानून का डर पैदा हो और समाज लड़कों पर नज़र रखे तो चीजें बदल सकती हैं। अच्छे के लिए बदल सकती हैं।

सरजी के घर बैठे आदित्य और वैशाली सरजी के प्रवचन को सुन रहे थे। आदित्य बहुत खुश लग रहा था लेकिन वैशाली ने अचानक टीवी बंद कर दिया। उसने आदित्य के हाथों को अपने हाथों में लिया और ठंडे अंदाज़ में बोली, "कुछ नहीं बदला है आदित्य कुछ नहीं बदला। मैं लौट आई हूं और सरजी को लग रहा है कि मैं मंडप से भाग कर आई हूं। ऐसा कुछ नहीं है।" इसके बाद वैशाली ने विस्तार से अपनी पिटाई और खाप के डर के साथ साथ बब्बल को भरवां करेले में ज़हर देकर मारने वाली मौसी की फिर से भरवां करेले बनाने की धमकी की कहानी सुनाई।

कहानी खत्म होते होते सरजी का भी आना हुआ। साथ ही पलक और अजय अज़ीज़ का। वैशाली ने आते ही चेता दिया कि वह आज दिल से बोल रहे थे, दिमाग से नहीं। दिल तो दिन में भी सपने देखता है लेकिन दिमाग हकीकत के आसपास रहता है। आगे वैशाली ने साफ कर दिया कि वह खाप से डरती है, खुद के लिए भी और अपनी चचेरी मौसेरी बहनों के लिए भी, वह मरना नहीं

चाहती है।

वैशाली ने कहा था, "मैं मरना नहीं चाहती लेकिन मैं किसी और को भी मरने नहीं दूंगी। सरजी आप मुझे मधुबाला कहते हो। तो मैं मुगलेआज़म की ज़ंजीरों में जकड़ी और 'तुम्हारी दुनिया से जा रहे हैं उठो हमारा सलाम ले लो' गाना गाती हुई मधुबाला नहीं बनना चाहती। मैं तो 'दे दो मेरा पांच रुपया बारह आना' गाना गाने वाली शोख मधुबाला बनना चाहती हूं। आप सब भी यही चाहते होंगे। खासतौर से आदित्य और सरजी।"

कुल मिलाकर लग ही नहीं रहा था कि भैंसी गांव की वैशाली यह सब कह रही है। सब कुछ दिमाग से निकली हुई बेहद व्यावहारिक बातें थी लेकिन उनमें दिल की आवाज़ भी सुनाई दे रही थी। वैशाली ने कहा कि वह भरपूर ज़िंदगी जीना चाहती है, नाम कमाना चाहती है, संजीव के साथ पूरी दुनिया घूमना चाहती है। जिससे प्यार हो उससे शादी भी हो यह ज़रूरी नहीं है। ज़िंदगी में जिस पहले लड़के से मिलो उससे ही प्यार करो और उससे ही शादी करो, यह भी ज़रूरी नहीं है। हम दोस्त बन कर रहे सकते हैं। पलक और सरजी की तरह। पलक सरजी से प्यार करती थी। सरजी भी पलक को चाहते थे लेकिन एक दोस्त की तरह। इसी तरह आदित्य हम भी दोस्त बन कर रहेंगे। ताउम्र रहेंगे।

आदित्य ने तो बालकनी में जाकर सिगरेट सुलगा ली। उधर सरजी ने वैशाली को समझाने की कोशिश की लेकिन वैशाली के तर्कों के सामने वह परास्त हो गए। वैशाली भरपूर जीना चाहती है। यह उसका हक है। प्यार जीना सिखाता है, मरना नहीं। हरनील भी

तो मॉडल बन कर भरपूर जीना चाहती थी। सरजी को पहली बार लगा कि उन्हें हरनील के मैसेज पढ़कर उससे झगड़ा करने के बजाए उसका साथ देना चाहिए था। उसके फोटोशूट में उसके साथ जाना चाहिए था। हर जगह उसके साथ खड़े होना चाहिए था। उसके बाद अगर वह मॉडल बनती तो ठीक नहीं बन पाती तो यूं छोड़ कर तो नहीं जाती, टुकी के साथ हंसते-खेलते सरजी की ज़िंदगी बीतती। सरजी को लगा कि हरनील के बाद उन्हें पलक का दिल नहीं दुखाना चाहिए था और उससे शादी कर लेनी चाहिए थी।

आदित्य सोच रहा था कि हर बार उसी के साथ ऐसा क्यों होता है। पहले अनु और अब वैशाली। आदित्य ने एक बार बालकनी से नीचे झांक कर देखा और सोचा कि अगर ग्यारहवें माले से वह गिरता है तो वैशाली कितना रोएगी, कितना पछताएगी। फिर उसे अपनी ही मूर्खता पर हंसी आई। अरे तब वह ज़िंदा तो रहेगा नहीं और मुर्दों की शादी नहीं हुआ करती। आदित्य को दिन के परांठे याद आए। वैशाली नहीं लौटती तो इस समय वह बालकनी में खड़ा सिगरेट नहीं पी रहा होता। उसकी लाश पर बूढ़ी मां सर पटक-पटक कर रो रही होती। हो सकता है कि जवान बेटे की लाश देखकर मर ही गई होती। आदित्य को लगा कि वैशाली ने उसे नई ज़िंदगी दी है। क्या हुआ जो शादी नहीं हो सकी। अनु के जाने के बाद उसकी ज़िंदगी के खालीपन को वैशाली ने ही भरा है। सरजी ठीक ही कहते हैं जिसका जितना साथ मिले उसे उतने में ही पूरा समझना चाहिए।

आदित्य कमरे में वापस आया और वैशाली से हाथ मिलाया।

"आई नीड ए बिग हग" कह कर वैशाली ने उसे गले लगा लिया। इतने में दरवाज़े पर घंटी बजी। सरजी उठते उससे पहले ही वैशाली ने जाकर दरवाज़ा खोला।

"यह हैं संजीव। इनसे ही मेरी शादी होने वाली है। छह महीने बाद जब यह लंदन से लौटेंगे।" वैशाली ने परिचय करवाया। खाने-पीने का लंबा दौर चला। सब खुश थे सिवाय आदित्य के और आदित्य के दुख से दुखी थे सरजी। वह बीच-बीच में यही दिलासा दे रहे थे कि इससे बेहतर अंत कुछ हो नहीं सकता था और आदित्य को इसे अंत नहीं बल्कि नई शुरुआत के रूप में देखना चाहिए। खैर, खान-पान और गप्पबाज़ी के लंबे दौर के बाद अब वक्त था विदाई का।

"सरजी, जिस दिन मेरी शादी होनी थी उसकी एक रात पहले आपने फेसबुक पर लिखा था- वह बिना बताए चुपचाप चला गया, वह हंसते-मुस्कराते हुए भी तो जा सकता था। इसे पढ़कर ही मुझे लगा कि विदाई इस तरह हंसते हुए भी तो हो सकती है। तभी मैंने संजीव को फोन किया था।"

वैशाली ने सरजी के पैर छूने चाहे तो सरजी ने उसे गले लगा माथा चूमा। तभी संजीव ने भी अपना माथा आगे कर दिया था।

"सरजी हम भी हैं आपके फैन। बहुत बड़े मुरीद। जब छोटे थे तभी से देख रहे हैं आपको। इनफैक्ट जब वैशाली ने आपके बारे में तफसील से बताया तो मैं तुरंत तैयार हो गया। मुझे पूरा यकीन था कि आप गलत नहीं हो सकते। इस बहाने आपसे मुलाक़ात की हसरत भी पूरी हो गई।"

अजय अज़ीज़ ने चुटकी ली, ''यह साहब भी माशाअल्ला उर्दू में फरमा रहे हैं। वैशाली, ज़रा तहकीकात तो पूरी करवा लो।''

ज़ोर का ठहाका लगता है।

***

वैशाली इस समय लंदन में है। वहां के एक बड़े चैनल के लिए फ्रीलासिंग करती है। वह सरजी के चैनल के लिए भी कभी-कभी रिपोर्टिंग कर दिया करती है। उसकी अंग्रेज़ी अब इतनी अच्छी हो गई है कि दिल्ली की इलीट क्लास की लड़कियों को टक्कर दे सके। पलक ने एंकरिंग छोड़ कर अपना प्रोडेक्शन हाउस खोल दिया है जो दूरदर्शन के लिए कमीशंड कार्यक्रम बनाता है। अजय अज़ीज़ ने पीजी को गरीब बच्चों के आश्रम में बदल दिया है। आदित्य ने वैशाली के जाने के बाद ही नौकरी छोड़ दी और वह अजय अज़ीज़ की स्वयंसेवी संस्था से जुड़ गया है। सरजी ने चैनल छोड़ा, दिल्ली छोड़ी और कनाडा चले गए। वहां बेटी पर क़ानूनन हक़ की लड़ाई लड़ रहे हैं। वहीं एक पंजाबी चैनल के संपादक भी हो गए हैं। बहुत बड़ा घर मिला हुआ है। सरजी का फेसबुक पर लेटेस्ट पोस्ट है:

''मेरे घर में कमरे बहुत हैं, लेकिन इन कमरों में घर नहीं है।''

आभार

दिसंबर 2012 की सर्दियों में दिल्ली में निर्भया के साथ हुए क्रूरतम बलात्कार ने पूरे देश को हिला कर रख दिया था। जैसे जैसे इस मामले में नए खुलासे हो रहे थे और रोंगटे खड़े कर देने वाले विवरण सामने आ रहे थे वैसे वैसे ही मन व्यथित होता जा रहा था। घर पर पत्नी से लेकर मां और बेटी तक सब सकते में थे और दहशत भरी निगाहों से न्यूज़ चैनलों पर निर्भया से जुड़ी ख़बरों को देखने के लिए एक तरह से मजबूर हो गए थे। पत्नी कई बार बहस करती कि घिनौना काम करने वालों को सीधे फांसी पर चढ़ा दिया जाना चाहिए। दफ़्तर में भी कुछ कुछ वैसा ही माहौल था। निर्भया की ख़बरें पढ़ने वाली महिला एंकर अजीब तल्ख अंदाज़ में नज़र आती थीं। एक दो ने कहा भी कि निर्भया की ख़बर पढ़ने और वही वीडियो बार बार देखने के बाद खाना खाने का मन नहीं करता। इस रेप केस की रिपोर्टिंग कर रही महिला रिपोर्टरों से जब कभी बात हुई सभी

गुस्से में नज़र आईं। एक रिपोर्टर ने तो एक बार तंज कसा था... क्या विजयजी, स्टूडियो में बैठ कर ज्ञान देते रहते हो। ज़रा ज़ोर से इस बात को सामने रखो कि यूपीए सरकार बलात्कारियों के खिलाफ सख्त कानून बनाए, सभी रेप केस फास्ट ट्रैक कोर्ट में ट्रांसफर किए जाएं और अदालतें ऐसे मामलों में अगली तारीख़ देने के बजाए फैसला सुनाने पर ज़्यादा ध्यान दें। मैं अंदर से हिल हुआ था। ऐसी बातें सुनकर और ज़्यादा हिल गया था।

इंडिया गेट और विजय चौक पर भीड़ ही भीड़ नज़र आती थी। हर तरफ़ नौजवान बच्चे और लहराती तख्तियां। विजय चौक पर एक दिन एक परिवार से बात कर रहा था जो गाज़ियाबाद से वहां आया था। पिता कह रहे थे कि निर्भया रेप केस के बाद भी अगर सरकार नहीं जागी तो फिर आगे कभी कुछ नहीं हो पाएगा। भीड़ राष्ट्रपति भवन की तरफ जाने के लिए पुलिस से जूझ रही थी। अचानक उनकी 18-20 साल की बेटी फट पड़ी...अंकल, यह नेता हमसे मिलने यहां क्यों नहीं आते। हमारे सवालों के जवाब क्यों नहीं देते। क्या हम आतंकवादी हैं। क्या हम उनको खा जाएंगे। सवाल जायज़ थे। पूछे जाने चाहिए थे। पूछे जा रहे थे। हज़ारों की संख्या में इंडिया गेट पर मोमबत्तियां जला रही भीड़ पूछ रही थी। नारों के ज़रिए पूछे जा रहे थे। पोस्टर बैनर के ज़रिए पूछे जा रहे थे। जवाब नदारद थे। सत्तापक्ष खामोश था। विपक्ष राजनीति कर रहा था।

हद तो एक दिन तब हो गयी जब इस भीड़ पर फायर ब्रिगेड छोड़ दी गयी। एक नहीं, दो दो। जो टिके रहे उनपर दिल्ली पुलिस ने जमकर लाठियां भांजी। मीडिया वालों को भी नहीं छोड़ा। पिटने वालों में मैं

भी था और मेरा कैमरामैन भी। उस रात देर रात तक सोचता रहा था। कोहनी की सूजन को निहारते हुए। उसी रात शायद मन ही मन में कहीं गहरे इस उपन्यास की नींव भी रख दी गयी थी। लेकिन फरवरी 2016 में एबीपी न्यूज़ के समूह संपादक शाज़ी ज़मा से यूं ही एक दिन बातों ही बातों में उपन्यास लिखने के आइडिया का ज़िक्र छिड़ा। उन्हे विषय पसंद आया। जगरनॉट बुक्स में कार्यकारी संपादक रेणु अगाल से फोन पर ही बात हुई और फोन पर ही सब कुछ तय हो गया। अगले दो महीनों में मुझे उपन्यास का पहला ड्राफ्ट जमा करवाना था।

महिला एंकरों और रिपोर्टरों से निर्भया मुद्दे पर बात किए चार साल हो चुके थे। इस बीच जस्टिस वर्मा की अध्यक्षता में बने वर्मा आयोग की सिफारिशों पर आधा अधूरी बहसें हो चुकी थी। टीवी चैनल के स्टूडियो में ही कुछ ने सिफारिशों को नाकाफ़ी करार दे कर ठुकरा दिया था तो कुछ ने सिफारिशों पर अमल में संदेह जता दिए थे। केंद्र की ज़िम्मेदारी निर्भया फंड बनाने तक सीमित थी। कानून व्यवस्था राज्य सरकार के पास होने के कारण अब आगे राज्य सरकारों को ही काम करना था। किताब लिखते समय पता लगाया तो पता चला कि हर साल निर्भया फंड में दो हज़ार करोड़ रुपए जमा तो हो रहे थे लेकिन उसका इस्तेमाल नहीं हो पा रहा था। पहले तीन साल तो एक पैसा भी इस खाते से न निकला न बंटा। कुछ चैनल हर साल बर्सी पर निर्भया पर खास रपट दिखाते रहे। इनमें बताया जाता कि बलात्कार के मामलों में न तो कमी आई है और न ही दोषियों को सज़ा देने का फीसद ही बढ़ा है। इस यूपीए सरकार ने

ज़रूर रेप पर बेहद सख्त कानून बना दिया था लेकिन लागू तो राज्यों को ही करना था। कानून बनाकर भी क्या होगा जब तक कि पुलिस की तफ्तीश ठीक नहीं होगी, सबूत मजबूती के साथ अदालत के सामने नहीं रखे जाएंगे, गवाह मुकरेंगे नहीं और सारा काम पीड़िता को न्याय दिलाने के इरादे से नहीं होगा।

खैर, मुझे नए सिरे से उन महिला एंकरों और रिपोर्टरों से बात करनी थी जो निर्भया रेप केस के समय या तो एंकरिंग कर रही थी या फिर रिपोर्टिंग। यहां भी ऐसी महिला मीडियाकर्मियों को तलाशना था जो पूरे केस को कवर करती रही और निर्भया के हत्यारों को फांसी की सज़ा सुनाए जाते समय भी स्टूडियो में थीं या फिर अदालत परिसर में। कुछ से खुद मिला, कुछ से फोन पर बात हुई तो कुछ के अनुभव समान मित्रों के माध्यम से हासिल हुए। उन दिनों विजय फैक्टर कार्यक्रम के सिलसिल में हर हफ्ते ही किसी छोटे शहर में जाना पड़ता था। हरियाणा के एक दो शहरों में जाना पड़ा तो वहां संयोग से खाप पर रिसर्च कर रही युवतियों से मुलाकात हुई। बातों ही बातों में करेले वाली कहानी वहीं से मिली। यूपी और राजस्थान से भी ऐसी युवतियों की कहानी मिली जिन्हें दिल्ली के अंग्रेज़ीवादी मीडिया (भले ही चैनल हिंदी में हो) में संघर्ष करना पड़ा था। वैशाली, पलक, आदित्य और सरजी जैसे चार काल्पनिक पात्रों के माध्यम से इन कहानियों को आपस में जोड़ कर एक सिलसिला बनाकर आप के सामने रख रहा हूं।

महिला एंकर और रिपोर्टर बोलती जाती थीं और मैं सन्न सुनता चला जाता था। एक ने कहा कि कैमरामैन की नज़र में निर्भया ही

रेप के लिए ज़िम्मेदार थी क्योंकि अंग्रेज़ी फिल्म देखने के बाद दोनों जानबूझकर एक खाली बस में चढ़े थे और पीछे की सीट पर अश्लील हरकते करने में लगे थे। बस में मौजूद कर्मचारियों ने भी हिस्सेदारी चाही और यह कांड हो गया। एक ने कहा कि निर्भया केस के बाद दफ़्तर की गाड़ी घर छोड़ती तो गार्ड भी साथ जाने लगा। एक दिन गार्ड ड्राइवर से कह रहा था कि यह 'रांडें' (एंकर) चेहरा पोतपात कर रखती है, कहीं भी टांगें चौड़ी करने को तैयार हो जाती हैं। एक अन्य ने कहा कि उसकी हर स्टोरी को बीसी (ब्यूरो चीफ) शानदार कहते हुए उसके कंधे तो कभी पीठ को इस भद्दे अंदाज में थपथपाता था कि ब्रा की स्ट्रेप पर उसके हाथ के लिजलिजे घिनौने दबाव को साफ महसूस किया जा सकता था। एक दो बार विरोध किया तो बीसी को हर स्टोरी में हज़ार कमियां दिखने लगी। एक ने कहा कि उसके चैनल में तो संपादक तक सोचने लगे थे कि लड़कियों की संख्या घटाई जानी चाहिए ताकि पिक अप और ड्राप के पैसे बचाए जा सकें। एक ने कहा कि उसके चैनल के संपादक किसी महिला के कमरे में जाने पर किसी न किसी बहाने दरवाज़ा खोल देते थे और पूरी बात सुने बगैर टालने वाला उनका अंदाज रहने लगा था। साथी कामकाजी महिलाओं के यौन शौषण के खिलाफ बने सख्त कानून की खिल्ली उड़ाते यह कह कर कि यार, तुमसे तो अब बच कर रहना होगा। तुम तो अब किसी पर कभी भी कोई भी आरोप लगा सकती हो। खुद को सच्चा साबित करने की ज़िम्मेदारी तो उस बेचारे की होगी ।

ऐसी सैकड़ों कहानियां मुझे सुनाई गईं। इनकी कहानियों में इतनी

तल्खी होती कि कई बार नोट्स लेना तक भूल जाता था। बड़ी बेबाकी से बयान की गई कहानियों को नाम बदलकर जस का तस उतार देने का मन करता था लेकिन चार कल्पनिक पात्रों के माध्यम से सच्ची कहानियों को पेश किया गया। जो कुछ महिला रिपोर्टर और एंकर बता रही थी उसे मैं खुद महसूस कर रहा था। दफ़्तर में, सड़क पर, घर में, मेट्रो में, शापिंग माल में और पूरे परिवेश में। ऐसा भी नहीं था कि जो कुछ महिलाएं कह रही थीं वह सब शत प्रतिशत सच ही था। ऐसा भी नहीं था कि सारी गलती पुरुषों की ही थी। महिलाएं भी कहीं कहीं अपने अधिकारों का अतिक्रमण करती नज़र आई और कहीं कहीं निरर्थक आरोप लगाती हुई। एक ने अपनी नाकामियों को छुपाने के लिए अपने सीनियर पर बदसलूकी का आरोप लगा दिया और उस की नौकरी जाती रही। एक रिपोर्टर ड्राइवर को घर की गली बताना भूल गई और गाड़ी आगे बढ़ गयी तो ड्राइवर पर ही गुस्सा उतारने लगी। कहने लगी कि मोड़ आने पर पूछ नहीं सकते थे क्या...ज़रूर दारू पीकर गाड़ी चला रहे हो। एक शिकायत कर दूंगी तो नौकरी जाती रहेगी, समझे। किताब लिखने बैठा तो यह सब लिख दिया। जो जैसा जिस रूप में सामने आया, जिसने जिस भाषा में कहा उसे वैसा ही लिख डाला। हो सकता है कि कुछ जगह आपको लगे कि भाषा का स्तर मर्यादा की सीमा रेखा को पार कर गया है तो उसके लिए मुझे किसी से माफी नहीं मांगनी है। शब्द बदल देता तो उनएंकरों रिपोर्टरों की भावनाओं को वैसी धार नहीं मिल पाती जैसी वह चाहती रही हैं।

उदाहरण के लिए। एक एंकर से मैंने पूछा कि निर्भया के बाद

पीसीआर (प्रोडेक्शन कंट्रोल रूम जहां से तय होता है कि चैनल में आगे कौन सी स्टोरी चलनी है, एंकर को क्या बोलना है, कब ब्रेक लेना है आदि आदि) में लोग अदब से बात करने लगे होंगे...वहां का माहौल बदल गया होगा।

घंटा बदला है सर, घंटा...यह जवाब था उस महिला एंकर का। वैसे इतना कह कर वह एंकर फट पड़ी थी। कैसे...यह आपने किताब में पढ़ी होगी।

सचमुच कुछ बदला नहीं है। कुछ बदला है तो केंद्र और दिल्ली में निज़ाम। यूपीए की जगह एनडीए है। मनमोहन सिंह की जगह नरेन्द्र मोदी हैं। शीला दीक्षित की जगह अरविंद केजरीवाल हैं। लेकिन बलात्कार के आंकड़े जस के तस हैं। उल्टे संख्या में इज़ाफा ही हो रहा है। अब भी रोज़ निर्भया का रोता है बलात्कार है लेकिन अब कोई कुछ नहीं बोलता। अख़बारों में तो फिर भी ख़बर छप जाती है लेकिन टीवी चैनलों पर ऐसी ख़बरों की गुंजायश ही खत्म हो गयी लगती है। महिला संगठन खामोश हैं। महिला आयोग बयान देने तक सीमित है। रेप मामलों में टू फिंगर टेस्ट बंद होगा, रेप पीड़िता को बार बार बयानों के लिए नहीं बुलाया जाएगा, अदालत में सवाल जवाब मर्यादित होंगे आदि आदि...ऐसे न जाने कितने वायदे उस समय किए गये थे लेकिन आधे अधूरे ही पूरे हुए। हालत यह है कि एक बार संसद में ही रेप पीड़िता की पहचान बता दी गयी थी। रेप पीड़िता को मुआवज़ा आज भी समय पर नहीं मिलता है।

खैर...यह मेरी पहली किताब है। मैं शुक्रगुज़ार हूं उन सभी महिला एंकरों और महिला रिपोर्टरों का जिन्होंने बेहिचक अपने अनुभव सुनाए।

इसके बिना तो किताब लिखी ही नहीं जा सकती थी। मैं शुक्रगुज़ार हूं एबीपी न्यूज़ के समूह संपादक शाज़ी ज़मां साहब का। उन्होंने ही आइडिया सुनते ही पुस्तक लिखने की नेक सलाह दी थी। साथ ही कहा था कि एक झटके में लिख डालो। बाद में तब्दीलियां होती रहेंगी। जगरनॉट बुक्स की कार्यकारी संपादक रेणु अगाल की नज़र में मेरी छवि एक खांटी रिपोर्टर की थी। उन्हें शुरू में शंका रही लेकिन पुस्तक के बारे में चार पन्ने का आइडिया पढ़ने के बाद उन्होंने ही मुझे प्रोत्साहित किया। मैं शुक्रगुज़ार हूं मेरी पत्नी सीमा विजय का। पहला ड्राफ़्ट पढ़ने के बाद मुझे भाषा में सुधार और अंग्रेज़ी शब्दों से परहेज नहीं करने जैसे ज़रूरी सुझाव दिए। मैं शुक्रगुज़ार हूं एबीपी न्यूज़ के संपादक मिलिंद खांडेकर का जिन्होंने मुझमें विश्वास बनाए रखा। मैं शुक्रगुज़ार हूं जगरनॉट बुक्स के उन तमाम साथियों का जिन्होंने बड़ी बारीकी से उपन्यास को पढ़ा और तब तक ज़रूरी सुझाव देते रहे जब तक संतुष्ट नहीं हुए।

विजय विद्रोही

लेखक परिचय

चार सितंबर 1964 को जन्मे विजय विद्रोही मर्चेंट नेवी की नौकरी छोड़कर पत्रकारिता में आए और पिछले 28 साल से यहीं रह गए। *नवभारत टाइम्स* और आज तक से होते हुए 2007 से एबीपी न्यूज़ में कार्यकारी संपादक हैं। पत्रकारिता के दौरान देश-विदेश में बहुत घुमक्कड़ी की। सैंकड़ों स्टोरीज़ कीं। सैंकड़ों कहानियां देखीं, झेलीं, सहीं। बहुत कुछ अनकहा रह गया। पहली बार एक लंबी-सी कहानी लिखी है, इस वादे के साथ कि यह आखिरी नहीं है।